L'arbre noir

Michel Lamontagne

MÉDIASPAUL

Les *Éditions Médiaspaul bénéficient de l'appui du Conseil des Arts du Canada et du ministère de la Culture et des Communications du Québec.*

Données de catalogage avant publication (Canada)

Lamontagne, Michel, 1954-

    L'arbre noir

    (Collection Jeunesse-pop; 108)

    ISBN 2-89420-329-2

    I. Titre. II. Collection.

PS8573.A42174A73   1996   jC843'.54   C96-940069-1
PS9573.A42174A73   1996
PZ23.L34Ar   1996

Composition et mise en page : *Médiaspaul*

Illustration de la couverture : *Charles Vinh*

ISBN 2-89420-329-2

Dépôt légal — 2e trimestre 1996
Bibliothèque nationale du Québec
Bibliothèque nationale du Canada

© 1996 Médiaspaul
        3965, boul. Henri-Bourassa Est
        Montréal, QC, H1H 1L1 (Canada)

« Et elle comprend, maintenant, pourquoi les Shingèn ont plus de trente mots pour décrire le noir, qui est pour eux la couleur la plus mystérieuse, la plus riche. »

Élisabeth Vonarburg, *Les Voyageurs malgré eux.*

1

Le boudin récalcitrant

— Mange ton repas, Jean.

— Mais maman, ça bouge. C'est vivant.

Dégoûté, Jean contemple le plat que vient de lui servir Catherine, sa mère. Coincé entre une montagne de patate en purée et un amoncellement de petits pois, un gros boudin gélatineux et gris se tortille.

— Voyons chéri, c'est plein de protéines et de vitamines. Hier encore, tu en raffolais.

— Oui, riposte Jean, mais les insectes, tu les cuisais. C'était haché et il y avait de la sauce. On ne voyait pas du tout à quoi on avait affaire et surtout ça ne faisait pas du jogging dans l'assiette.

Catherine pousse un long soupir. Oh oh, pas le soupir! Jean connaît trop bien ce qui va suivre: le discours. Le long, le dur, celui qui débute toujours par «Sais-tu que nous sommes extrêmement privilégiés de...» et se termine par l'inévitable «et nous sommes ici pour rester, que tu le veuilles ou non». Le tout entre-coupé des multiples raisons qui ont poussé

Jean et ses parents, Paul et Catherine Tremblay, à quitter la Terre pour aboutir sur Tiäne, la planète des Lézards. Catherine va lui répéter pour la énième fois qu'au 22ᵉ siècle, la Terre est un enfer, sale, pollué, que les chances de s'y trouver un emploi décent y sont quasiment nulles, etc. Il en a pour au moins dix bonnes minutes. Autant s'installer confortablement.

Catherine commence:

— Sais-tu que nous sommes...

Jean n'écoute plus. D'un œil critique, il observe sa mère. Comment une personne peut-elle autant changer en l'espace de quelques mois? Plus de longs cheveux noirs: elle a rasé son crâne. Fini les robes: elle porte uniquement des combinaisons moulantes dont les motifs évoquent la peau reptilienne des habitants de Tiäne. Mais le pire, c'est qu'elle est devenue plus sérieuse qu'un croque-mort. Jean se rappelle une femme au début de la quarantaine, petite et potelée, au visage rond et sympathique, capable de rire et de s'amuser.

— ...et sur Terre, nous étions entassés dans un minuscule logement...

Le regard de Jean s'attarde maintenant sur le boudin qui s'agite dans son assiette. C'est la nouvelle lubie de Catherine. Parce que les Lézards de Tiäne se nourrissent d'insectes, en bon Terrien respectueux des coutumes locales, il devrait en faire autant.

— ...Jean est-ce que tu m'écoutes?

— Oui, oui.

— Sur Terre, il pleut maintenant quatre jours sur cinq...

Catherine veut qu'il porte lui aussi des combinaisons et qu'il se rase le crâne. Il résiste. Il ne va tout de même pas s'exhiber dans des trucs moulants, lui qui est maigre comme un échalas. À douze ans, Jean est beaucoup plus grand que la moyenne. Il sait que les chemises et les pantalons amples demeurent son unique planche de salut. Et pas question qu'il coupe ses précieux cheveux châtains ! Sur Terre, tous les jeunes les portent long jusqu'aux épaules. Les siens commencent à peine à avoir une longueur respectable.

— ...et nous sommes ici pour y rester, que tu le veuilles ou non. Catherine est arrivée à la conclusion. Elle attend la réaction de Jean. Prenant son courage à deux mains, il dit :

— Désolé, je refuse de manger ce truc.

— Eux, ils les avalent vivants, d'un coup. Toi, tu n'as qu'à le découper en tranches et à mâcher.

Une voix aux accents robotisés retentit. Il s'agit de Simon, l'ordinateur central qui régit les fonctions domestiques.

— Pardonnez-moi d'interrompre votre conversation. Quelqu'un est à l'entrée. Il affirme avoir un colis pour toi, Catherine.

— Merci, Simon. Je m'en occupe.

Catherine braque un regard menaçant sur Jean et dit :

— Je vais répondre. À mon retour, j'espère que tu auras pris au moins une bouchée.

Jean prend sa fourchette, son couteau et, résolu, fixe le boudin droit dans les... yeux? Sa stratégie: attirer l'adversaire dans la montagne de purée, provoquer une avalanche pour l'immobiliser, planter la fourchette au centre du boudin, prendre le couteau et couper. Opération périlleuse mais qui devrait être couronnée de succès à moins que...

Pendant que Jean élabore ses plans d'attaque, le boudin, lui, passe à l'action. D'un bond hardi, il réussit à atterrir au sommet des patates et de là à se propulser en dehors de l'assiette. Médusé, Jean voit le boudin filer à toute vitesse sur la nappe, tomber de la table sans bruit, glisser rapidement sur le plancher et s'échapper dans le jardin par la porte de cuisine entrouverte.

Au bout d'une dizaine de minutes, Catherine revient avec une énorme boîte en carton qu'elle dépose sur le comptoir.

— Excuse-moi si ç'a été si long, dit-elle, mais pour obtenir le paquet, il a fallu que je montre quatre pièces d'identité au livreur. Après vérification complète du contenu du paquet, j'ai enfin contresigné les douze copies du bon de livraison. C'est fastidieux, mais ces lézards ont tout à fait raison. On est jamais assez prudent. Imagine que quelqu'un d'autre, un parfait inconnu, aurait pu réclamer ce paquet à ma place.

Quand elle parle de cette manière, Jean se demande si sa mère n'a pas perdu les pédales. On compte à peine une dizaine d'humains éparpillés sur toute la planète. Comment le livreur aurait-il pu se tromper sur l'identité du destinataire avec un nom comme: Catherine Tremblay?

Catherine aperçoit l'assiette de Jean. Elle s'exclame:

— Ho! Tu as tout mangé. Tu vois, ce n'était pas si difficile. Comment tu as trouvé?

— Délicieux.

— Tu en veux encore?

— Non, merci. Est-ce que je peux avoir mon dessert?

— Bien sûr!

Une belle tranche de gâteau au chocolat est déposée devant un Jean rayonnant. La première bouchée a un goût merveilleux, le goût savoureux de la victoire. Face à des forces supérieures en ruse et en courage, l'adversaire, lâchement, s'est enfui, abandonnant armes et bagages. «Un jour, nous nous retrouverons, sale boudin, pense Jean, et ce jour là...»

Nonchalamment Jean demande:

— Ce gros paquet, c'est quoi?

— Tu vas être heureux. C'est une ferme biologique.

— Une ferme biologique?

— Oui, je l'ai commandée par la poste. C'est pour élever des insectes à la maison. Nous allons pouvoir manger frais tous les soirs.

Le gâteau au chocolat ne passe plus. Jean a la nausée.

— J'y pense, continue Catherine. Il faudra faire très attention avec la ferme. C'est un appareil sophistiqué et par conséquent fragile. Autre chose, les insectes à l'intérieur. On ne les sort de la ferme qu'au moment du repas.

— Pourquoi?

— Certains ont une durée de vie très courte. D'autres se multiplient à une vitesse effarante.

— Ah oui? murmure faiblement Jean qui commence à s'inquiéter.

— Celui que je t'ai servi, il s'appelle un togard. Le lézard qui me les a vendus était très gentil. Il m'a assuré que c'est idéal pour des gens qui mangent vivant pour la première fois. Le goût est délicat et ça ne bouge pas une heure dans ton estomac après que tu l'aies ingurgité.

— Le togard, il se reproduit très vite?

— Aucune idée. Le lézard ne m'a rien précisé à ce sujet.

Jean se lève.

— Tu ne finis pas ton gâteau? demande Catherine.

— Non, répond Jean. J'ai besoin d'air. On crève de chaleur ici.

— Ne t'éloigne pas trop. Et surtout ne va pas t'aventurer près de...

Catherine n'a pas le temps de finir sa phrase, Jean s'est précipité dehors.

2

La planète des Lézards

Dans le jardin, Jean cherche partout frénétiquement. Rien dans les haies, rien dans le gazon. Peut-être près du pommier. Mais non. Le togard a disparu. Accablé, Jean s'assoit sur la pelouse. Le boudin doit bien rigoler à l'heure qu'il est. Il a dû creuser sous terre et faire son nid. Le lendemain, Catherine va se lever, regarder distraitement par la fenêtre et, horrifiée, constater que son magnifique jardin est devenu une ferme biologique.

Un instant! Jean se secoue. Et si c'est un insecte qui se reproduit uniquement à tous les dix ans? On ne sait jamais. Rien ne dit que le togard ait été fécondé. Avant d'aller tout avouer à Catherine, Jean devrait au moins se renseigner. Il pense à Xède. C'est le seul capable de l'aider. Moyennant un prix, bien entendu.

Jean retourne à l'intérieur. Dans la cuisine, Catherine est assise devant son assiette, profondément absorbée par la vision du togard qui s'y agite. Jean a le goût de la narguer, mais le moment serait mal choisi. Mine de rien, il ouvre une armoire, prend un sac en papier qu'il remplit d'une douzaine de biscuits. Les biscuits, c'est Jean lui-même qui les fabrique. Un savant dosage d'arachides salées, guimauves, miel, cacao, flocons de noix de coco, beurre, farine et sucre. Le résultat est toujours spectaculaire, bien qu'un peu dur. Les parents de Jean n'apprécient guère. Xède en raffole. Il les mâche en les faisant craquer bruyamment entre ses mâchoires.

— Je vais faire un petit tour chez Xède, dit Jean. Je reviens tout de suite.

Catherine n'a pas le temps de poser de questions, car Jean a déjà fui et emprunte le sentier qui aboutit chez le lézard. Il marche dans une petite forêt. Pas une imitation comme on en retrouve dans certains musées de la Terre. De vrais arbres, avec de vrais oiseaux qui gobent de vrais insectes. Gober des insectes. Cette seule pensée lui donne la nausée. Le garçon réfléchit. À bien y penser, leur déménagement sur Tiäne n'a été qu'une longue suite de déceptions.

D'abord personne ne lui a demandé son avis. Ses parents se sont contentés de lui annoncer la nouvelle: ils allaient quitter la Terre pour Tiäne, la planète des Lézards. Jean ne connaissait pas l'endroit, mais il savait une chose: c'était loin. Loin de son école, de ses amis, de tout ce qu'il aimait et qui lui était familier. La planète des Lézards? Bon, d'accord. C'était vaguement intrigant. Ses parents lui ont de plus assuré qu'il s'agissait d'un véritable paradis, plein de végétation, avec un climat merveilleux. Jean n'était toujours pas convaincu. Il s'était consolé en pensant qu'il s'agirait de son premier voyage en dehors du système solaire.

Première déception : la traversée s'est révélée d'un ennui mortel. Constamment, on a bombardé les voyageurs de vidéos et de conférences :

« Sur Tiäne cohabitent plus de deux mille espèces différentes de lézards bipèdes de taille humaine.
Tous sont intelligents et possèdent leur propre langue et propres coutumes. Malgré ces différences culturelles, Tiäne n'a jamais connu de guerre. Une chose unit ces gens : les oeufs. Un lézard de Tiäne ne se reproduit qu'à la fin de sa vie.
Il voit rarement éclore ses oeufs. Quelqu'un doit donc prendre en charge la couvée. Parfois les oeufs sont élevés par des gens de la même espèce, parents, amis ou parfaits étrangers. Parfois un lézard d'une autre race s'occupera de la couvée. Jamais les oeufs ne seront abandonnés. Cette collaboration entre personnes d'apparences et de goûts incompatibles peut se révéler à l'occasion explosive mais, en général, elle tient le coup. Psychologiquement, cela se traduit par le caractère méticuleux du lézard, sa prudence extrême et la lenteur de ses réflexes. »

Jean a eu un avant-goût de ce dernier point à son arrivée à l'astroport. En débarquant, il a tout de suite tenté d'apercevoir un lézard, de confronter la réalité aux images qu'il avait vues en vidéo. Pas l'ombre du bout de la queue d'un lézard. Où se cachaient-ils tous? C'est là qu'il a appris que, de dix à onze heures le matin, tout s'arrête sur Tiäne. Les lézards prennent leur bain de soleil. Après ce moment de repos, ils retournent au travail gorgés d'énergie. Leur allure d'escargot devient celle d'une tortue au galop. Le père de Jean a failli en faire une crise cardiaque.

La deuxième déception s'est produite lorsque Jean a découvert l'absence d'agglomérations urbaines d'importance. Sur Terre, une ville, c'était la rencontre de millions d'individus sur un espace bétonné, pollué mais grouillant d'activité. Sur Tiäne, on préfère isoler les choses en «zones». Zone industrielle où l'on travaille. Zone commerciale où l'on peut acheter surtout de la nourriture. Zone domiciliaire où loge la population. Tous les espaces bien distancés les uns des autres. Les lézards aiment la tranquillité, pour ne pas dire la solitude.

Pour attirer Jean et sa famille sur la planète, on leur a construit une maison de type terrestre à deux étages, grande cave, fenêtres panoramiques et cheminée. Par contre, un mur de verdure épais les sépare des voisins qui sont pourtant déjà loin. Jean s'est senti tout de suite prisonnier. Le sentiment s'est accentué avec la nouvelle que lui et les siens étaient les seuls spécimens terrestres de la région. On allait les regarder comme des bêtes curieuses!

À demi sérieux, il a suggéré à ses parents d'imposer un prix d'entrée pour visiter «les mammifères dans leur habitat naturel». Bien sûr, on y aurait lu des affiches du genre «ne pas nourrir les animaux s.v.p.».

Troisième déception: Ses parents. D'abord, Paul, son père. Sa profession d'ingénieur minier le force maintenant à voyager constamment. Aussi Jean le voit-il de plus en plus rarement. C'est un dur coup pour le garçon. Sur Terre, Catherine travaillait et Paul, en chôma-ge, s'occupait de Jean.

Ensuite, Catherine. Catherine... a changé. Une seule idée règle maintenant sa vie: devenir une citoyenne modèle de Tiäne. À tel point que Jean a l'impression d'assister à une métamorphose: Catherine qui se transforme en lézard. Peut-être s'agit-il du fruit de son imagination, mais il lui semble détecter un certain ralentissement chez elle. Une plus grande lenteur à parler, à bouger, une constante hésitation avant de prendre une décision, tentative inconsciente de se mettre au diapason de la planète.

3

Chez Xède

Jean aperçoit la maison de Xède et presse le pas. Le lézard niche dans un assemblage capricieux de roches pointues et arrondies semblable à une petite butte. Les côtés s'élèvent en pente raide pour aboutir au sommet, une terrasse agrémentée de plantes vertes. C'est là-haut que, les jours de grand soleil, Xède se gave de lumière et de chaleur.

Le soleil et les biscuits. On dirait que ce sont les deux seules choses qui intéressent le lézard. Il faut dire que Xède est un lézard à peau orange, sans doute une des espèces les plus apathiques de la planète. Heureusement pour lui, la profession qu'il exerce lui permet de rester à la maison et de rêvasser tout son saoul: théoricien en physique de l'espace-temps. À cette pseudo-activité, il faut ajouter une responsabilité tombée comme une tuile sur la tête assoupie du lézard: parrainer une pauvre petite famille de terriens installée près de chez lui. Xède avait dû déplaire à un fonctionnaire haut placé pour mériter cette corvée.

Impossible de refuser, on lui aurait coupé les vivres nécessaires à ses recherches.

À l'arrivée de Jean et de ses parents, le personnage s'est présenté à la famille et a avoué candidement son peu d'intérêt pour le rôle qu'on exigeait de lui. Il a ajouté quelques phrases au sens obscur et il a conclu en disant qu'il se sentait très fatigué. Pendant plusieurs semaines, on n'a plus entendu parler du lézard, jusqu'au jour où Jean a préparé une fournée de ses fameux biscuits. Xède s'est présenté chez lui, tremblant de tous ses membres. Une odeur l'avait rejoint jusque dans son salon et il exigeait d'en connaître l'origine. Jean a fait alors connaissance avec un autre trait des habitants de Tiäne : leur prodigieux odorat. Sur le coup, il a cru avoir commis une gaffe monumentale. Il allait promettre de ne plus jamais cuisiner sans faire fonctionner le système de filtration d'air, lorsque Xède a affirmé n'avoir rien senti de plus divin! Étonné, Jean l'a entraîné jusqu'à la cuisine pour lui offrir un biscuit. Ç'a été l'extase. Jean a compris tout de suite qu'il avait découvert un levier de taille pour faire bouger la masse paresseuse de Xède. Jean pousse la grille d'entrée et marche jusqu'à la porte en prenant soin de dissimuler derrière son dos le sac de biscuit. La porte d'entrée n'est pas en bois ou en métal. Les lézards utilisent une matière qui présente la rugosité et la solidité du ciment mais dont le poids est très léger. Jean attend un peu, le temps que l'ordinateur domestique signale sa présence à Xède. Puis, une voix rauque se fait entendre : Xède qui s'adresse à lui par le biais d'un interphone.

— Wecfg Jean. Yu tyu huigt bi fgso oi ppio?

Jean n'a rien compris. Sur le vaisseau, on leur a fait subir un entraînement linguistique accéléré sous hypnose. Grâce à cette méthode, il peut parler couramment jusqu'à vingt-quatre langues utilisées sur Tiäne. Par contre, le déclic n'est pas automatique. Les connaissances mises dans son cerveau sont solidement cloisonnées et il doit utiliser les bonnes clés mentales autant pour y accéder que pour en sortir. Jean fait le vide dans sa tête et visualise une image, toujours des formes géométriques simples, ici un carré avec une moitié noire et une moitié blanche. Il n'y a qu'un seul défaut. Les lézards communiquent avec des sons mais aussi par gestes. Par exemple un coup de queue par terre veut dire : «Il est temps de partir.» Ce qu'un humain imite en tapant vigoureusement du pied. Il s'agit de réflexes sur lesquels Jean n'a aucun contrôle. Ainsi il se voit ouvrir grand la bouche et tirer longuement la langue. Ce geste signifie : Veux-tu répéter, s'il te plaît? L'ordinateur domestique a dû transmettre l'image du garçon car Xède obéit :

— Bonjour Jean. Tu as apporté ce que je pense?

Jean a compris. Parfait. Il retire les mains de son dos et exhibe le sac.

— Vite! Vite! Entre.

La serrure de la porte se débloque et Jean pénètre à l'intérieur. Le plancher, de même que les murs, sont constitués de pierres inégales et rudes de couleurs variées. Jean doit faire attention en marchant pour ne pas buter sur une pierre plus saillante que les autres. En toute chose, les lézards préfèrent le raboteux, le grumeleux, le dur. La douceur, pour eux, se résume à une feuille de papier sablé.

Dans le salon, Xède se prélasse à même le parquet. Un de ses yeux à tourelle regarde un spectacle diffusé en trois dimensions, l'autre assiste à l'entrée de Jean. Le garçon tape bruyamment une fois dans ses mains, geste de salut sur Tiäne, et dit en langue lézard :

— Je t'ai amené une douzaine de biscuits.

— Oh! Oh! s'exclame Xède de sa voix grave. Beaucoup de biscuits, beaucoup de problèmes.

Jean reste un moment décontenancé devant la perspicacité du lézard, puis décide d'aborder directement la question :

— Tu connais les togards, Xède?

— Oui. Sur Tiäne, on dit : «Quand le togard vient chez toi, c'est pour dîner. De la cave au grenier, il va digérer et te laisser seulement la clé.» À une certaine époque, ils détruisaient des villes entières. Heureusement, aujourd'hui, on contrôle mieux leur migration. Bien qu'il y ait toujours quelques petits égarés qui font surface ici et là.

Jean est anéanti. C'est pire que tout ce qu'il avait pu imaginer.

Très lentement, Xède se met sur ses deux pieds griffus. Le mouvement a quelque chose de gracieux et d'infiniment long comme si une onde partie du bout de sa longue queue montait au ralenti jusqu'au dos couvert d'écailles orange, le soulevait et entraînait à sa suite le crâne décoré d'une petite crête pointue. Xède est grand, tout en longueur, et mince. Ce que Jean trouve le plus fascinant, ce sont les yeux proéminents, de forme conique. Xède peut les faire bouger indépendamment l'un de l'autre. Présentement, ils sont pointés tous les deux en direction du sac à biscuits.

— Je peux...? demande Xède sur un ton plaintif.

Piteux, Jean remet le sac dans la grande main écailleuse de Xède qui s'empresse de fourrer son museau effilé à l'intérieur. Quelques craquements et déglutitions sonores plus tard, le sac est vide. Xède est visiblement rassasié. Il invite Jean à venir sur ce qu'il appelle un divan mais qui ressemble plutôt à une masse de granit taillé de manière plus ou moins lisse.

— Raconte-moi tout, cher ami, dit Xède.

Jean explique en détail la fuite du togard et ses vaines tentatives pour le retrouver. Pour terminer, il demande à Xède :

— Qu'ont-ils de si terrible, ces togards?

— Ils sont très féconds. Bientôt il y en aura plein chez toi et le togard ronge tout, même la pierre. Le togard va bouffer ta maison. Il commencera par les fondations. Tranquillement la maison va s'enfoncer. On aura l'impression qu'elle est bâtie sur du sable mouvant. Tu verras, en une semaine, il y aura un grand trou fourmillant de togards, là où tu habitais. Le lézard qui les a vendus à ta mère est un sale type. Ta mère devrait le poursuivre en justice.

— Ce n'est pas poison à manger au moins? s'inquiète Jean.

— Non, un peu corsé, c'est tout.

— Qu'est-ce que je peux faire?

— Tout dire à tes parents. Ils sont là pour t'aider, n'est-ce pas?

— Non! Non! C'est très différent sur Terre. Je te l'ai souvent expliqué.

— Je ne comprends absolument rien à vos coutumes.

— C'est pourtant simple, poursuit Jean qui ment effrontément. Il y a les jours en F et les jours en D.

— Et aujourd'hui?

— C'est un jour en D.

— Demain?

— Aussi.

— Pourquoi?

— Parce qu'après cinq jours en F, il faut deux jours en D.

— Pourquoi?

— C'est ainsi sur la Terre depuis des millénaires.

— Ce n'est pas très logique, votre système. Si je me rappelle bien, les jours en F sont pour «faire» et les jours en D sont pour «dormir»?

— C'est ça.

— Tu dis que tes parents s'enveloppent dans une espèce de cocon en tissu, un «drap» si je me rappelle bien, et cela pour quarante-huit heures. Il est alors absolument impossible de les rejoindre. Très curieux.

— Il ne faut les réveiller à aucun prix.

— Et c'est toi qui es responsable de tout pendant leur sommeil.

— Oui, les jeunes Terriens n'ont absolument pas besoin de dormir, tu le sais bien.

— Bon, dans ce cas, je peux bien t'aider. Je vais commencer par m'occuper du vendeur de togard. Tu sais où ta mère achète ses insectes?

— Oui. Au marché central, dans une boutique qui s'appelle «Les Gourmandises».

— Très bien. Un de mes amis occupe une position importante au gouvernement. Je vais lui glisser un mot de cette histoire afin qu'elle ne se répète pas. Reste le problème du togard en liberté. Bon, l'insecte ne pondra pas tout de suite. Il va d'abord inspecter les lieux afin de trouver le meilleur endroit possible pour pondre, généralement une place humide et fraîche. Ce que je peux faire, c'est d'y aller cette nuit même et de t'en débarrasser. Je viens juste de mettre au point une petite invention qui devrait nous aider dans notre tâche.

Xède se lève et quitte la pièce.

Il revient avec, dans une main, une mallette noire et, dans l'autre, une petite bouteille contenant un liquide bleu. Les objets sont déposés avec précaution au centre du salon. Xède ouvre la mallette. Il en retire trois boules, deux blanches et une bleue. De chacune émerge une petite tige en métal argenté. Les boules ont la taille de balles de golf. Leur matière semble molle bien que luisante comme du verre. De la mallette, Xède tire aussi un livre à la couverture verte, qu'il se met à feuilleter. Quand il a trouvé la bonne page, Xède s'éclaircit un brin la voix et se met à chantonner doucement, très doucement, comme s'il cherchait à endormir un bébé. Jean est d'abord surpris. Il ne pouvait pas imaginer le lézard, avec sa grosse voix rauque, capable de moduler des notes aussi feutrées. Le garçon se laisse bercer par la mélodie.

La chanson est terminée. Tant mieux. Encore un peu et Jean allait sombrer dans le sommeil. Xède dispose les boules sur le sol de façon à former un triangle et dit à Jean:

— Bon, le piège est prêt. Je vais le tester.

Xède se dirige vers une petite table de salon où est déposée une corbeille de fruits. Il y prend une orange et la fait rouler sur le sol en direction du triangle. Le fruit roule, atteint les limites du triangle et, pfft!, disparaît.

Jean est éberlué.

— C'est de la magie! s'exclame-t-il.

— Non, seulement de la science, rétorque Xède. Tu vois, les tiges sont des récepteurs. Elles ont capté les fluctuations sonores de ma voix pendant la chanson et ont canalisé cette énergie afin de percer un trou dans l'espace-temps. De cette manière, on peut faire disparaître n'importe quoi. Il suffit pour cela d'agrandir le triangle. Bien entendu, il existe des modèles qui fonctionnent à l'aide de piles atomiques ou d'autres trucs fastidieux qui exigent des calculs, des réglages, des essais multiples. Moi, je chante et le tour est joué. Pas besoin de bouger.

Dans cette dernière phrase, Jean reconnaît bien Xède, le lézard le plus lent de Tiäne.

— Mais tu oublies une chose, dit Jean.

— Quoi?

— Le togard, comment tu vas l'attirer dans le triangle?

— Facile, prends la petite bouteille.

Jean obéit.

— Maintenant, dit Xède, débouche-la avec précaution. Il y a un compte-gouttes. Dépose une goutte, une seule, sur ta main.

L'opération complétée, Jean demande:

— Bon et maintenant?

— En arrivant chez toi, lave soigneusement l'endroit où tu as déposé le produit. Parce qu'en sortant d'ici, les insectes vont être amoureux fous de toi.

— J'ai compris! Tu vas mettre cette substance sur les boules. Ceci devrait attirer des insectes, dont le togard.

— Exact!

Jean est rassuré, mais il a comme un doute. Alors que Xède range les boules et le livre dans la mallette, il dit, hésitant:

— Je me demande... Il n'existe pas de moyen plus simple pour éliminer le togard? Tu disais tout à l'heure que vous contrôliez leur migration.

Sur un ton hargneux, Xède laisse tomber:

— S'il y a une chose que je déteste par-dessus tout, ce sont les choses simples!

C'est la première fois que Jean voit le reptile de mauvaise humeur. Il préfère ne pas insister. De toute façon, l'heure est venue de regagner la maison. Jean tape vigoureusement du pied une fois pour signaler son intention de partir.

— Je dois y aller, dit le garçon. Alors, c'est d'accord pour cette nuit?

— D'accord, répond Xède.

Jean se sent mieux. Il a confiance en Xède. Une fois dehors, cette confiance augmente d'autant plus qu'un bataillon d'insectes se précipite sur lui dans un vrombissement infernal.

4

La longue nuit du togard

Jean a pris son bain et enfilé son pyjama. Il passe devant le salon. Catherine est assise sur un divan et feuillette un gros bouquin. En la voyant, une question surgit dans l'esprit de Jean: combien de togards a-t-elle achetés au juste? Un a pris la direction du jardin et deux autres gigotaient dans l'assiette de Catherine. Cela fait trois. Un détail lui revient à la mémoire: sa mère lui a demandé s'il en voulait encore. Le doute commence à le tenailler. Il ferait mieux de s'assurer de la chose. Pour ne pas éveiller les soupçons, Jean décide d'utiliser la méthode indirecte. Il demande:

— Qu'est-ce que tu lis, maman?

Catherine lève les yeux de son livre et sourit.

— Une amie au travail m'a fait un cadeau. C'est un livre qui s'intitule: «Ils grouillent, ils volent, ils sont délicieux. Grandes recettes du lézard gourmet.»

— Tu veux rire? murmure Jean.

— Écoute, c'est merveilleux! reprend Catherine avec enthousiasme. «Banquise de coléoptères aux ailes de libellules», «Galantine de cigale rouge», «Aspic de mandibules citronnelle», «Salade d'élytres exquise», «Mousse de larves de scarabées au porto» et, pour dessert, je sens que tu vas adorer, «Gâteau de minuit aux chrysalides de luciole». Et ce n'est pas tout...

— Maman, interrompt Jean.

— Quoi mon chéri?

— J'en ai plein le dos de Tiäne. Je veux retourner sur Terre.

— Combien de fois va-t-il falloir que je te le répète? Nous sommes ici pour rester, un point c'est tout.

— Nous étions bien sur Terre.

— Nous *survivions* sur Terre. Avec tous nos diplômes, ton père et moi n'avons jamais réussi à nous trouver un emploi décent. Tandis qu'ici, nous travaillons, et en plus les lézards sont très gentils. Ils nous paient bien et ils ne nous considèrent pas comme des esclaves.

— Ouais, parlons-en des lézards.

— Qu'est-ce qu'ils ont, les lézards?

— As-tu déjà pensé que ces gens-là se promènent continuellement nus? Ils ne portent jamais de vêtements.

— Ils mettent des chapeaux.

— Tu appelles ça des chapeaux?

— Qu'est-ce que tu as contre leurs chapeaux? Ils sont très jolis.

La réplique a fait sursauter Jean. Non, elle n'a quand même pas...

— Tu as acheté un chapeau?

— Je vais te le montrer.

Catherine se lève de son fauteuil et va dans sa chambre. Elle revient avec un grand sac en plastique blanc.

Elle pose le sac sur la table de salon et l'ouvre délicatement.

— Tu sais, dit Catherine avec enthousiasme, que leurs chapeaux sont fabriqués à partir de fruits très rares qui poussent sur des arbres géants. Ils les font macérer longtemps dans toutes sortes de produits chimiques et ils les font sécher selon une technique très ancienne. Le résultat final est toujours différent, ce qui t'assure d'un modèle unique. C'est génial!

D'un regard critique, Jean examine le «chapeau»: une espèce de gros melon d'eau qu'on aurait dégonflé suite à une longue torture l'affligeant de cicatrices partout.

— Ton père revient de voyage la semaine prochaine, explique Catherine. J'avais envie de lui faire une surprise pour son retour.

Jean contemple d'un air sceptique le «melon» lorsque, brusquement, il se rappelle le but de leur conversation:

— Maman, j'ai faim. Est-ce qu'il reste des togards? J'en prendrais un comme collation avant de me coucher.

— Alors, tu as vraiment aimé? demande-t-elle, visiblement surprise par la requête.

Jean acquiesce, le sourire de Judas barrant son visage.

— Désolée. C'était un essai, j'en avais acheté seulement trois et j'ai mangé les deux derniers.

Jean prend un air déçu mais, à l'intérieur, il exulte. Un problème de réglé. Il feint un bâillement et marmonne d'une voix fatiguée :

— Tant pis, je vais me coucher, alors. Bonne nuit maman.

— Bonne nuit.

Dans sa chambre, la porte bien fermée, Jean s'organise. Il installe une chaise près de la fenêtre, va chercher sa paire de jumelles à vision nocturne. Du deuxième étage, il aura une bonne vue de ce qui se déroulera en bas dans le jardin. C'est vrai, Xède n'a pas précisé à quelle heure il viendrait. Autant prévoir une longue attente. Des bandes dessinées, de quoi grignoter, bonbons et croustilles puisés à même sa réserve personnelle, un bon oreiller sur le dossier de la chaise. Oui, il devrait pouvoir tenir le coup. Par contre, il devra lire les bandes dessinées avec sa lampe de poche et être à l'affût du moindre bruit qui signalerait l'arrivée de Catherine. Quelle heure est-il? Neuf heures quarante-deux. Jean est prêt.

* * *

Minuit douze. Xède franchit la petite porte grillagée du jardin. Ses jumelles braquées sur le lézard, Jean observe. Tranquillement son ami avance, la mallette noire à la main. Au centre du jardin, il s'immobilise. Les minutes s'étirent et Xède est toujours debout comme une statue. Que se passe-t-il? Enfin Jean le voit s'asseoir par terre. Mais au lieu de s'activer pour installer le piège, le lézard reste assis, la tête levée vers le ciel.

Après vingt minutes d'une attente mortelle, Jean n'en peut plus: il va descendre. Sur la pointe des pieds, il emprunte l'escalier, traverse la maison et atteint la porte qui donne sur le jardin. Quand il arrive près de Xède, il chuchote:

— Es-tu malade ou quoi?

— Je vais très bien, cher ami, répond Xède le plus calmement du monde.

— Alors?

— Alors quoi?

— Qu'est-ce que tu fais? Aux dernières nouvelles, il y avait un togard en liberté prêt à bouffer ma maison et tu devais te charger de m'en débarrasser.

— Je regarde les étoiles. Cette nuit, elles sont particulièrement belles.

Jean a le goût de hurler mais il se retient. Il sait que jamais, au grand jamais, il ne faut brusquer un lézard. Dans ces moments-là, ils s'enlisent davantage dans leur immobilité, quitte à rester des jours plantés au même endroit. Et comme les lézards de Tiäne possèdent la faculté de se priver longtemps d'eau et de nourriture, les jours peuvent facilement s'étirer en semaines.

Xède a dû sentir l'impatience de son jeune ami puisqu'il a ouvert sa mallette et commencé à installer les boules.

— Vous, les humains, vous êtes toujours pressés. Vous courez partout et vous n'arrivez nulle part. Un jour vous comprendrez que c'est en demeurant immobile qu'on fraie son chemin vers l'essentiel. Retourne dans ta chambre. Je préfère travailler seul.

Jean a senti une pointe de colère dans les propos de Xède. Autant obéir.

Une fois dans sa chambre, Jean reprend ses jumelles. Xède, la petite bouteille à la main, est en train de déposer le liquide sur les boules. L'opération terminée, il fouille dans le livre vert en s'aidant d'une lampe de poche pour lire. Il trouve la bonne page et débute le chant. Quand le silence tombe, Jean sait que le piège est maintenant activé. Pour guetter l'arrivée du togard, le lézard choisit de se dissimuler derrière le pommier. Au grand soulagement de Jean, les opérations sont enfin en marche.

Autour du piège, l'herbe se met à bouger puis à se tortiller furieusement. C'est comme si tous les insectes du jardin s'étaient donné rendez-vous à cet endroit. À présent, ils arrivent du ciel. Jean ne réussit à distinguer qu'un délire d'ailes phosphorescentes qui s'engouffrent à toute vitesse dans l'espace du triangle pour aussitôt disparaître.

Le garçon scrute anxieusement le jardin. Où peut-il bien se cacher, ce damné togard? Tout à coup, il aperçoit une forme allongée qui progresse rapidement en direction du piège. Pas de doute, il s'agit du boudin en personne. Jean ricane.

— Vas-y, imbécile, continue, murmure-t-il. Va faire un tour ailleurs avec tes petits amis insectes.

Le togard, en proie à la folie amoureuse, accélère. À peine a-t-il atteint la frontière du triangle qu'il disparaît, catapulté dans un autre lieu et un autre temps. Jean pousse un soupir de soulagement. Il s'apprête à descendre pour féliciter Xède lorsqu'un curieux phénomène attire son attention. Le piège brille. Faiblement mais suffisamment pour que Jean l'ait remarqué. Autre chose : on dirait que la surface couverte par le triangle est plus grande. Afin d'en être bien sûr, Jean prend ses jumelles. Les boules se déplacent. Très lentement, mais elles se déplacent. Qu'est-ce que ça veut dire? Jean regarde en direction de Xède. Le lézard est sorti de sa cachette et a allumé sa lampe de poche. On dirait qu'il cherche frénétiquement une page dans son livre vert. «Bon, pense Jean, il doit y avoir un pépin.» Xède a trouvé la bonne page. Le livre à la main, il avance vers le piège en chantant à tue-tête.

— Mais... il va réveiller maman, l'imbécile!

C'est alors que tout se met à vibrer dans la chambre. La vibration augmente jusqu'à prendre les proportions d'un tremblement de terre. Jean cherche à sortir de sa chambre, mais dans sa panique il n'arrive pas à tourner la poignée de la porte. Brusquement, tout se calme. Inquiet, Jean tend l'oreille. Pas un son. Catherine ne peut pas dormir, pas après un boucan semblable. Jean doit vérifier. Il se dirige vers la chambre de ses parents, entre-bâille la porte tout doucement et jette un coup d'œil. Elle dort. Il entend le souffle régulier de la dormeuse. Rassuré, Jean ferme la porte sans bruit et s'empresse de descendre au jardin rejoindre Xède. Lui, il a des explications à fournir.

Un arbre. Jean n'en croit pas ses yeux. Un arbre a poussé là où se trouvait le piège. Incrédule, Jean veut toucher pour être sûr qu'il ne rêve pas. Tout en s'approchant, il l'examine. Aucun feuillage. À peu près la hauteur et la forme du pommier de jardin. Les branches ressemblent à de grandes griffes lacérant le ciel étoilé. Dans la nuit, quelque chose de vraiment sinistre se dégage de cette silhouette opaque. Quand il est assez près, Jean pose un doigt hésitant sur l'écorce. Rien d'anormal ne se produit. Il frappe légèrement avec son poing. C'est rude et dur. Comme un vrai tronc d'arbre.

— Pardon... Je m'excuse...

Jean sursaute. C'est Xède qui l'aveugle avec sa lampe de poche.

— C'est quoi ça? s'empresse de demander le garçon.

— Je ne sais pas.

— Tu ne sais pas!

— Non. Du tout. As-tu remarqué comme l'écorce est noire? On dirait qu'elle dévore la lumière.

— Mais qu'est-ce qu'il fait là?

Le lézard, honteux, baisse la tête.

— Je n'ai pas refermé le piège assez vite. Cet être a profité de l'ouverture pour s'infiltrer ici. Tu vois, il peut aussi bien venir du passé que du futur ou même d'une autre dimension. C'est ce que je pense, mais je peux très bien me tromper. Pour l'instant, il a l'air assez inoffensif. Mais je peux me tromper là-dessus aussi.

Constatant l'air horrifié de Jean, Xède se hâte d'ajouter :

— Ne t'en fais surtout pas. Je vais le retourner chez lui. Promis. D'abord, il faut retrouver les trois boules.

S'aidant chacun de leur lampe de poche, Xède et Jean fouillent dans l'herbe. Jean en dé- niche rapidement deux, Xède la dernière. Le lézard extrait de chacune des boules sa tige de métal.

— Pourquoi tu fais ça? Questionne Jean.

— Premièrement, je dois charger les boules au maximum en les rapprochant le plus possible de leur source sonore, c'est-à-dire moi, et en modulant des notes très basses que tes oreilles terriennes sont incapables de percevoir. Ensuite, je vais tenter une expérience : créer un trou dans l'espace-temps à distance.

— Une expérience? Tu ne trouves pas que tu en as assez tenté pour la nuit?

— Je n'ai pas le choix, répond Xède. Si l'arbre est parvenu à utiliser le piège pour venir jusqu'ici, c'est qu'il doit s'agir d'un malin. Il faut le prendre par surprise. D'après moi, le triangle sera inefficace. Je suis sûr que l'arbre possède des moyens pour en contrecarrer les effets.

— Tu veux dire que cet être est intelligent?

— Oui. Je suis sûr qu'il nous écoute actuellement. Il ne comprend peut-être pas le langage que nous utilisons, mais il est attentif. Il guette un son, une émotion qui trahirait nos intentions. Marchons calmement jusqu'au pommier.

Lentement, ils se mettent en route. Les dernières paroles de Xède ont fortement impressionné le garçon. Derrière lui, il sent la présence de l'arbre, une présence menaçante, épiant leurs moindres gestes.

Une fois au pommier, Xède murmure tout bas :

— En aucun cas, tu ne dois me déplacer. Si tu me déplaces d'un centimètre, tout est raté.

— Pendant combien de temps?

— Je ne sais pas. Peut-être un jour ou deux.

— Un jour ou deux! Tu dérailles ou quoi?

— Je m'excuse, mais c'est le temps nécessaire pour charger les boules à leur maximum. Je serai plongé dans une transe spéciale. Je n'aurai besoin de rien.

Et avant que Jean réussisse à demander plus d'explications, le lézard prend les trois boules et les place à l'intérieur de sa bouche. Jean a beau lui parler, l'autre ne répond plus. En touchant le corps de Xède, Jean constate qu'il est devenu d'une rigidité extrême. Mais le garçon entend toujours sa respiration.

Découragé, Jean s'assoit par terre. Un jour ou deux, c'est long. Comment Catherine va-t-elle réagir?

5

L'école des lézards

— Debout Jean. C'est l'heure.

Jean ouvre péniblement un œil.

— Allons, réveille-toi. Sept heures, il faut aller à l'école.

Quand il réussit à ouvrir un deuxième œil, Jean voit Catherine. D'abord son cerveau engourdi ne réagit pas. Puis, comme cinglé par un courant électrique, il bondit hors du lit et se précipite à la fenêtre. L'arbre noir est toujours là.

— Je te jure maman, ce n'est pas de ma faute. C'est Xède. Mais ne crains rien, il a promis de nous en débarrasser.

Le garçon se retourne vers Catherine, mais elle a disparu de sa chambre. Décontenancé, il descend au rez-de-chaussée. Une voix chantonne: sa mère qui prépare le petit déjeuner. Tout est normal, ce qui est complètement anormal. Jean veut en avoir le cœur net. Il regagne sa chambre, s'habille rapidement et va déjeuner comme si de rien n'était.

— Tu sais, Jean, il y a longtemps que je n'avais pas aussi bien dormi. Je me sens fraîche comme une rose. Par contre, toi, je ne t'ai jamais vu dans un état aussi lamentable.

Lamentable? Il n'est que guenille, gélatine au bord de la liquéfaction. Quand sa mère est venue le réveiller, il venait à peine de s'assoupir, anéanti par la fatigue et la tension nerveuse.

— Es-tu malade? continue Catherine. Tu as à peine touché à ton assiette d'abeilles grillées.

— Maman, s'enhardit Jean, tu n'as pas remarqué quelque chose de bizarre dans le jardin en te levant?

— Non.

Jean n'en croit pas ses oreilles. Catherine a-t-elle perdu la raison?

— Mais, il y a un arbre. Tu l'as sûrement vu. Un arbre noir.

— Oui, je l'ai vu. Mais il n'y a rien de bizarre là-dedans. Il va seulement falloir le couper. C'est tout. Je m'en occuperai plus tard.

Jean n'avait pas vu les choses sous cet angle. Il insiste :

— Oui, mais un arbre ne pousse pas du jour au lendemain. Surtout de cette taille.

— Bien sûr que si. Sur Tiäne, la végétation est différente. Ce genre de phénomène est tout à fait courant.

— Tu as lu ça quelque part? demande Jean soupçonneux.

— Oui, quelque part, réplique sèchement sa mère. Je suis certaine que tu n'as même pas remarqué que Xède était dans le jardin.

— Ah oui? s'exclame Jean feignant la surprise.

— Sais-tu ce qu'il fait?

— Non.

— Il mue.

— Il mue?

— Oui, il mue, il change de peau. Et c'est très douloureux. Aussi il ne faut absolument pas le déranger. Quand j'ai été le voir tout à l'heure, le pauvre, il était incapable de parler. Mais j'ai tout compris et je l'ai laissé tranquille. Tu sais, ils ne savent jamais quand la mue va se produire. Ils doivent cesser tout mouvement et attendre que le phénomène se termine. Surtout ils doivent éviter une exposition directe aux rayons du soleil. La nouvelle peau ne le supporterait pas. J'imagine qu'il se promenait. Il a vu notre jardin et s'est installé au premier endroit disponible: sous le pommier.

Songeuse, elle ajoute:

— Je me demande s'ils mangent la vieille peau après. J'en parlerai à Zopie.

— Zopie?

— C'est une amie au bureau. Elle est ingénieure comme moi. Bon, il faut y aller tous les deux.

* * *

Finalement, Jean avait tort de s'inquiéter. Catherine a trouvé de belles et bonnes explications, logiques, raisonnables et complètement fausses. Il n'a même pas eu besoin de mentir. La tournure des événements devrait l'enchanter. Au contraire, il broie du noir. Un intrus s'est introduit chez lui. Un intrus dangereux. Bien entendu, il ne s'agit que d'une impression. Jean peut se tromper, mais la situation dicte la prudence. Ensuite: comment avoir confiance en Xède? Il a gaffé, il peut gaffer à nouveau. Qui dit que le remède qu'il a concocté ne sera pas pire que la maladie? Jean en arrive à cette conclusion: il ferait mieux de compter uniquement sur ses propres moyens. Mais avant de dresser des plans plus élaborés, il doit tenter de savoir à qui il a affaire. À bien y penser, il pourrait commencer par interroger l'ordi à l'école.

Avec amertume, Jean se remémore son premier contact avec le système éducatif sur Tiäne. À l'approche de l'école, pas un son, un cri ou même un rire témoignant d'une quelconque animation. Puis il les a aperçus. Les jeunes lézards étaient tous étendus sur le sol. Ils ne dormaient pas. Langoureusement, ils profitaient des premiers rayons du soleil. Pendant un bref instant complètement idiot, Jean a failli aller s'étendre avec eux. Heureusement il s'est ressaisi. À huit heures tapant, tout ce beau monde s'est levé, s'est dépoussiéré et a pénétré dans un immeuble ne ressemblant en rien à une école terrienne. En réalité, il s'agissait plutôt d'un vaste entrepôt: toit en tôle ondulée, plancher en béton et, adossé à un mur, de hautes étagères métalliques remplies d'objets aux formes hétéroclites. Si dans la cour régnait le silence, ici c'était un vacarme effarant. Cent soixante-six étudiants lézards déambulaient dans un grand espace ouvert, s'interpellant bruyamment, se joignant à un groupe ou en quittant un autre. Dans un coin, certains s'affairaient à construire une machine aux fonctions inconnues. Dans un autre, quelques-uns se livraient à des contorsions complexes, ondulant leur corps dans ce qui aurait pu ressembler à un ballet au ralenti, sauf que la musique en était totalement absente et que, à intervalles réguliers, un comparse les éclaboussait avec un boyau d'arrosage. Ailleurs, des sons étranges montaient de petits ateliers isolés du reste par des panneaux coussinés, sans qu'on puisse deviner ce qui pouvait bien s'y dérouler.

Bouche bée, Jean regardait le spectacle, se demandant s'il n'avait pas atterri dans un asile de fous. Il a décidé de rester près de la porte d'entrée en espérant qu'un professeur vienne s'occuper de lui. Les heures se sont écoulées. Quand la journée s'est terminée, personne ne lui avait adressé la parole.

Le lendemain, Jean a opté pour une tactique différente. Le premier lézard passant à sa portée fut promptement intercepté et questionné. Jean a appris plein de choses. Il n'y avait aucun professeur sur place. Chacun était libre d'étudier le sujet de son choix, de travailler en groupe ou tout seul. Dans un coin trônait un puissant ordinateur où chacun pouvait puiser les connaissances utiles à sa recherche ou à son projet. Le but était de produire quelque chose : une machine, une œuvre artistique, une théorie ou même seulement une idée. Tout le monde se tenait au courant de ce que faisaient les autres, échangeait commentaires, suggestions. Mais attention ! Avant de présenter ce qu'on considérait comme le produit final de ses cogitations, il fallait être drôlement sûr de son affaire. À cette occasion, les lézards déployaient toute la rigueur de leur esprit pointilleux. La moindre faille dans une argumentation ou un raisonnement était sévèrement critiquée par l'ensemble du groupe.

En plus de l'ordi, les étagères regorgent d'outils, d'appareils électroniques, de papiers divers et d'instruments de musique, enfin tout le matériel nécessaire pour un projet en cours. Il suffit de se servir. Gentiment, le lézard a conseillé à Jean de se joindre à un groupe. Plus tard, en connaissant mieux le système, il lui serait plus aisé de se définir un champ personnel de recherche. Justement, des copains à lui s'intéressaient à la biologie terrestre. Jean s'est senti flatté. Avec un tel sujet, il ferait figure d'expert.

Confronté au groupe, il a déchanté. Quelqu'un a déploré vivement qu'on ne puisse disséquer le Terrien. Un autre a suggéré la construction d'un grand labyrinthe afin de tester ses réactions comme s'il avait été un vulgaire rat. On a aussi pensé à lui inoculer des virus, à le soumettre à des chocs électriques, à examiner sa résistance au froid, à la chaleur, à l'enfermer sous terre dans une capsule isolée pendant une semaine, peut-être à raser son crâne pour voir la rapidité de ses cheveux à repousser. Jean s'est éloigné en catimini, laissant les étudiants discuter sur la possibilité d'implanter des électrodes en permanence dans son cerveau.

Bon, il allait travailler tout seul. Il a décidé, pourquoi pas?, de faire l'inventaire des étagères. Chaque fois qu'il trouvait un objet étrange dont il ne comprenait pas l'utilité, il allait à l'ordi pour identifier la chose. Ainsi, petit à petit, il ramassait des connaissances sans trop savoir où cela pourrait le mener.

* * *

— Bonjour Jean. Que veux-tu savoir aujourd'hui?

Jean est installé dans une cabine servant à communiquer vocalement avec l'ordi. Devant lui, un grand écran qui transmet l'image d'un jeune lézard dont la peau change constamment de couleur. C'est Belk, son guide informatique.

— Je voudrais que tu m'aides à identifier un arbre.

— Est-ce que tu peux me le décrire?

— Oui. Son écorce est noire. Très noire. C'est un arbre de la taille d'un pommier à maturité. Aucune feuille aux branches.

— J'exécute la tâche.

Après quelques minutes, Belk déclare:

— J'ai repéré cent trente-deux espèces correspondant grosso modo à la description que tu m'as donnée.

— Fais défiler leur image.

— Très bien.

Le lézard disparaît pour faire place à l'image d'un arbre au tronc ébène, mais dont les branches sont recouvertes de grosses épines blanches.

— Non. Continue.

Les spécimens se succèdent, mais rien ne correspond à ce qui est venu s'installer dans son jardin. Jean est déçu.

Au bout d'une demi-heure, Belk réapparaît et dit:

— Puisque la recherche s'est avérée négative, il faut en conclure qu'il s'agit d'une espèce inconnue. Il y a un étudiant à l'école qui pourrait peut-être t'aider. Son nom est Calv. Il étudie en botanique. Ses connaissances sont très poussées. Particulièrement en ce qui concerne les espèces obtenues par manipulations génétiques.

«Pas Calv!» pense Jean, dégoûté. Il y a de cela une semaine, ce triste individu se présentait à lui, une feuille de papier à la main. Jean fouillait simplement dans les armoires. Il ne dérangeait personne. Il aurait préféré ignorer l'intrus, mais il s'agissait d'un lézard à peau verte. Il a alors opté pour la prudence. Les vidéos de l'astronef, Jean s'en rappelait, précisaient que cette race constituait l'exception dans le monde amorphe des lézards de Tiäne. Un métabolisme élevé en faisait des hyperactifs à l'humeur brusque et incontrôlable.

Le lézard s'exprimait parfaitement en français, langue qu'il se vantait d'avoir apprise sans l'aide d'aucun apprentissage hypnotique. Il désirait seulement que Jean lise le texte imprimé sur la feuille.

Lire, c'était plus compliqué que de parler. Jean devait d'abord savoir en quelle langue c'était écrit. Par courtoisie, on fournissait aux étrangers les symboles visuels tracés au début du texte. Sur la feuille tendue par Calv, il y avait un triangle blanc, un triangle noir, un carré blanc et deux cercles noirs. Jean fut surpris. Cela faisait beaucoup de symboles à la fois. Jean, un peu gêné, a déclaré:

— Je ne crois pas être en mesure de lire ton papier. Je ne connais que vingt-quatre langues. Celle-là ne fait pas partie de mon répertoire.

— C'est un mélange de plusieurs langues d'ici. Tu n'as qu'à te concentrer. Ça va fonctionner.

Perplexe, Jean a visualisé les clés et a commencé à lire le texte. Oui, il reconnaissait les mots. Plus lentement qu'à l'habitude, et avec un sentiment d'effort qui commençait à lui donner mal à la tête. Par contre, plus il lisait, moins il comprenait de quoi parlait ce fichu papier : «Bonjour! Où allez-vous? Que voulez-vous? Répétez, s'il vous plaît. Non. Merci. Demain. Je quitte. Oui. Répétez. Répétez. Oui. Oui. Oui. Danger. Interdit. Répétez...»

Tout à coup, un tremblement incontrôlable s'est emparé des mains de Jean. La tête lui a tourné et ses jambes sont devenues molles comme de la guenille. Il est tombé par terre, son corps agité par des mouvements convulsifs. En proie à la panique, Jean s'est demandé s'il n'était pas victime d'une crise d'épilepsie. Cela a duré dix bonnes minutes pendant lesquelles Calv s'est contenté d'assister passivement à la scène. Enfin, il a lancé à haute voix :

— Triangle, cercle, arrêt!

La crise s'est estompée aussi rapidement qu'elle était apparue. Épuisé, Jean s'est relevé péniblement. Ses coudes lui faisaient mal, de la bave lui coulait sur le menton. Il a ouvert la bouche pour demander des explications mais le lézard avait déjà tourné le dos et s'éloignait. Jean a failli partir à sa poursuite mais a plutôt décidé de se calmer. Ses parents l'avaient bien averti de ne provoquer aucun incident qui aurait pu attirer l'attention sur eux. Dans la catégorie «incident», ils incluaient en particulier toute forme de bagarre ou de dispute. Ils étaient des immigrants, donc plus vulnérables aux qu'en-dira-t-on et aux commérages locaux. Les Terriens étaient peu nombreux sur Tiäne. Il valait mieux ne pas trop faire de vagues. Du moins tant que leur entourage ne connaîtrait pas mieux les humains.

Intrigué, Jean s'est précipité à l'ordi. Là, il a appris que le texte de Calv était conçu pour surcharger sa mémoire et en particulier la partie réservée au langage gestuel. Débordé par l'avalanche d'informations et de signes contradictoires, son cerveau avait court-circuité. Tous les gestes qu'il connaissait en langue lézard avaient déferlé sur son corps en rafales rapides, produisant la crise qu'il avait vécue. Quant à la phrase utilisée par Calv pour tout arrêter, il s'agissait d'un code spécial visant à bloquer les effets de l'apprentissage linguistique. L'ordi a affirmé que ces phrases-clés étaient secrètes et changées constamment. Aucun étudiant de l'école n'aurait dû normalement les connaître.

Jean a quitté l'ordi complètement abattu. Quelles autres phrases-clés avait-on implantées dans sa tête à son insu? Son père et sa mère étaient-ils au courant? Après avoir mûrement réfléchi, Jean a décidé d'oublier la question. Ses parents étaient trop en amour avec Tiäne. Ils auraient jugé la chose tout à fait normale et auraient conclu par leur chance incroyable d'être accueillis sur cette merveilleuse planète. Jean connaissait la chanson.

Dans son cas, la meilleure stratégie consistait à obtenir les mêmes armes que l'ennemi. Un nouveau champ d'intérêt s'est donc ajouté pour Jean: l'apprentissage linguistique et la découverte des codes cachés dans sa tête. Des copains sur Terre pourraient lui communiquer des informations inaccessibles même pour Calv. Quand il en saurait assez, l'heure de la vengeance sonnerait. En attendant, il s'est résigné à éviter la présence du lézard. Cela a bien fonctionné, mais voilà qu'aujourd'hui, il n'a plus le choix. Il doit aller à la rencontre de ce triste individu. Pourquoi, pourquoi donc a-t-il quitté la Terre?

6

Calv, le génie

Un cercle blanc, un triangle noir. Jean peut maintenant s'exprimer dans la langue de Calv:

— Vustou! Ty ptug connig? (Bonjour! Est-ce que je peux te déranger?)

— Kanna fra. So kelbé sui grala quo to mi grada. (Tu peux me parler en français. Je n'ai pas souvent la chance d'exercer mes talents pour les langues barbares.)

Barbares? Mal à l'aise, Jean visualise un cercle blanc et un cercle noir, les symboles pour revenir à sa langue natale. Pendant ce temps, Calv s'affaire autour d'un grand établi surchargé de spécimens végétaux et d'appareils scientifiques. En français, le garçon fait remarquer:

— Pas beaucoup de place pour travailler.

— C'est mon espace. Je l'organise à ma manière. Ceux qui ne sont pas contents n'ont qu'à faire un tour ailleurs, réplique sèchement le jeune lézard.

«Ça va être difficile», ne peut s'empêcher de penser le garçon.

— Tu sais, je suis comme toi. Je préfère travailler seul, dit Jean qui tente désespérément d'entretenir la conversation.

— Tiens, tiens. Tu as bien appris ta leçon sur les lézards verts. Ils ne savent rien de nous. Rien, tu peux me croire.

— Qui ça eux?

— Tout le monde!

Si Calv est de la même taille que Jean, il est beaucoup plus massif. Lorsqu'il se déplace, aucun rapport avec la gracieuse lenteur de Xède. Gestes et mouvements sont marqués d'un temps d'arrêt brusque et inquiétant.

— J'ai besoin de tes connaissances pour identifier un arbre.

Au lieu de répondre, le lézard se glisse sous l'établi. Il en ressort avec un pot contenant une plante aux longues feuilles minces et vertes. Au sommet du végétal pend un étrange fruit brun et poilu.

— Un boldyque, lui précise Calv. Une plante très rare et qui ne vit malheureusement que vingt-quatre heures. Par une série de judicieux croisements, j'ai réussi à prolonger sa longévité. Je te la donne. Tu l'arroseras beaucoup en arrivant chez toi. C'est pour m'excuser de t'avoir soumis à une expérience sans te demander ton avis. Pardon.

Jean est mal à l'aise. Ce serait trop simple: accepter la plante et tout oublier. Il a le goût de lui dire vertement ce qu'il pense de son «expérience». Mais, bon, aussi bien enterrer la hache de guerre... pour l'instant.

— Je te remercie. J'en prendrai bien soin. Bon... un arbre au tronc noir, sans feuillage, ça te dit quelque chose?

— Tu as été voir l'ordi?

— Oui. Il m'a montré pas mal d'images mais...

— ... tu n'as rien trouvé, coupe Calv, et il t'a conseillé de venir me voir? Voilà qui est tout à fait normal. Ne suis-je pas le meilleur dans ce domaine?

Jean n'en croit pas ses oreilles. Pour qui se prend-il, ce reptile de bas étage?

— Hum... continue Calv, tu sais, le noir n'est pas courant chez les végétaux. Ce trait est particulier des mondes pauvres en lumière. Pas de lumière, pas de photosynthèse. Alors il faut tout avaler précieusement. Les plantes, ce sont des estomacs cosmiques. Elles sont branchées sur toutes sortes d'énergie, radiations, vibrations qui viennent de partout et même du vide absolu de l'espace. En ce sens, elles sont supérieures aux animaux, puisqu'elles peuvent entendre le vent solaire et pas nous. Savais-tu qu'elles peuvent aussi voir? Elles n'ont même pas besoin de choses aussi ridicules qu'un globe oculaire. Approche, je vais te le prouver.

Jean avance près de l'établi. Le lézard lui indique un pot en grès dont la partie supérieure est dissimulée sous une petite boîte en carton. Avec précaution, Calv retire celle-ci. À première vue, cela ressemble à un gros champignon de couleur noire. Mais la plante se met à se tortiller, à se transformer. La métamorphose terminée, Jean a devant lui une tulipe complètement noire.

— Elle a pris l'apparence de la plante la plus près d'elle, explique Calv, mais ce n'est pas toujours la règle. Tu remarqueras certaines différences. L'imitation n'est jamais parfaite.

Jean pense au pommier dans son jardin: l'arbre noir a pris sa forme et sa taille, mais sans imiter les feuilles.

— C'est intelligent? demande-t-il, les yeux rivés sur le spécimen.

— Comme un petit animal domestique. C'est même plutôt affectueux. Tu peux la caresser. Vas-y.

Jean avance la main, touche. La plante émet un curieux son assez semblable à un sifflotement. Les doigts de Jean caressent maintenant la tige. Le son augmente d'intensité tandis que la tulipe noire se balance doucement.

— Tu es sûr que c'est végétal? Demande Jean.

— Oui, même si c'est carnivore.

Jean retire aussitôt sa main. Calv est parti chercher un bocal en verre contenant des grillons vivants. Il en prend un qu'il avale et un autre qu'il offre à Jean:

— Une petite friandise?

— Non merci, sans façon.

L'insecte est déposé près de la plante. Une substance semblable à du goudron le retient prisonnier au sol. Le grillon a beau se débattre, inexorablement il s'enfonce dans le sol.

— L'appareil digestif est sous terre, commente Calv. Il occupe presque tout le pot.

Cela expliquerait le tremblement de terre lors de la fameuse apparition. L'arbre noir ne serait alors qu'une partie minime de ce qui se trouve sous le sol de son jardin.

— Le plus intéressant, continue Calv, c'est que la plante fait la différence entre ce qui est vivant et ce qui ne l'est pas. Tu places un grillon mort. Elle ne l'absorbera pas. Même chose pour des imitations. Elle est très sélective, ce qui est sûrement un signe d'intelligence.

— Elle a un nom, cette plante? Demande Jean.

— Oui, répond fièrement le lézard, «Bari-Calv tagi». Dans ta langue, cela donnerait quelque chose comme... attends, laisse-moi réfléchir: champicalv noir. Champi pour sa forme, même si la plante ne possède qu'un vague lien de parenté avec la famille des champignons, et Calv pour le chercheur qui, le premier, a signalé sa présence.

— Le champicalv, tu l'as obtenu comment?

— Un pur hasard. Des gens à l'école étudiaient un morceau de météorite. Parmi les fragments, ils ont découvert des spores inconnues et m'ont demandé de les identifier. Mais je dois t'avouer que je commence seulement à la connaître. Par exemple je sais qu'elle est très sensible à la lumière. Ainsi elle peut imiter d'autres végétaux installés assez loin d'elle et cela même la nuit. Elle possède une mémoire. Je lui ai appris à siffloter quelques mélodies.

— Tu crois qu'il en existe des spécimens plus gros?

— Aucune idée. On n'a jamais rien répertorié de semblable nulle part. Qui sait?

— Tu m'as dit qu'elle voyait? demande Jean.

— Elle n'a pas le choix puisqu'elle imite les plantes placées à proximité d'elle, et ceci dans des conditions lumineuses très faibles. Le problème, c'est que je n'ai pas encore découvert comment. Bientôt je vais tenter une série d'expériences pour vérifier ses réactions à une lumière intense.

Quelque chose attire l'attention de Jean: une petite boule grise émerge lentement à la surface du pot, là où avait disparu le grillon.

— Résidus digestifs, commente laconiquement Calv.

Jean en a assez vu. Il est maintenant persuadé que l'intrus appartient à la même famille que la plante sous ses yeux. L'esprit enflammé, il comprend tout le parti qu'il peut tirer de l'arbre noir mais, d'abord, il doit prendre congé de Calv:

— Très intéressant, mais l'arbre dont je cherche l'identité ne peut se métamorphoser.

— Ah bon. Désolé. Si jamais tu trouves, avertis-moi. Sinon il s'agit d'une espèce inconnue, ce qui serait vraiment une chance inouïe. Dans ce cas j'aimerais bien m'associer à toi, tu sais que mes connaissances seraient un...

— Merci beaucoup! interrompt vivement Jean qui fait un pas pour s'en aller.

— Attends! Tu oublies le boldyque.

Confus, Jean prend la plante et s'empresse de quitter Calv qui le regarde s'éloigner d'un air soupçonneux.

Une espèce inconnue! Mieux que cela : le représentant d'une race intelligente. Parce que Jean est sûr : si le champignon noir de Calv possède l'intelligence d'un chat, un arbre doit sûrement valoir un humain en capacités intellectuelles. « Il s'agit d'un malin », a dit Xède. Il a dû voir quelque chose durant la nuit pour affirmer cela.

Jean pense surtout à la présentation qui doit se dérouler dans deux semaines à l'école. Lui qui n'avait que ses pauvres investigations dans les étagères à montrer aux autres élèves. Maintenant il possède quelque chose de mieux et, qui plus est, un moyen de se venger de Calv. Après que le lézard aura exhibé ses chétifs champicalvs et leur aura fait siffloter quelques stupides mélodies, Jean arrivera... avec un vidéo qui le montrera communiquant avec la créature. Excellence idée! Devant tous, il expliquera comment lui a réussi à entrer en contact avec l'arbre noir, comment il est parvenu à échanger et à fonder les bases d'une solide amitié entre les deux cultures. Le simple fait d'imaginer la réaction de Calv le fait pouffer de rire.

Donc, première étape : entrer en communication avec l'arbre. Mais de quelle manière? Et surtout comment assurer sa sécurité? Car il est absolument hors de question de s'approcher de l'arbre noir. Jean n'a pas oublié le grillon qui s'enfonçait sous terre. En y pensant bien, il pourrait bricoler quelque chose. Hier, en fouillant dans les étagères, il est tombé sur deux ou trois machins intéressants. Ce serait très faisable.

«Bon», se dit Jean en se frottant les mains. «Mettons-nous à la tâche.»

* * *

Jean est de retour chez lui. Un coup d'œil par la fenêtre. L'arbre n'a pas bougé. Xède non plus. Catherine rentre dans quelques minutes. Il va lui expliquer qu'il se livre à des expériences pour l'école sur l'arbre noir, et après il installera son invention.

La porte d'entrée claque.

— Jean! Tu es là?

— Oui, maman.

Catherine entre dans la cuisine. Elle a l'air furieuse.

— Tu sais quoi? demande-t-elle en se laissant tomber sur une chaise. Les togards. J'ai demandé à Zopie. Le marchand m'a roulée. Il m'a vendu des insectes extrêmement dangereux. Quand je pense. Il aurait suffi qu'un seul togard s'échappe pour que la maison soit envahie. Ils auraient rongé la maison au complet. Au complet! En plus, ils ont un effet somnifère à retardement. C'est pour ça que nous avons dormi comme des brutes toute la nuit.

Jean comprend maintenant pourquoi le tremblement de terre n'a pas réveillée Catherine. Elle continue:

— Zopie m'a dit de faire attention. Il semblerait que ce ne sont pas tous les lézards qui apprécient notre présence. Certains prétendent que nous dégageons une odeur bizarre. Que nous sommes trop bruyants, trop nerveux, que nous courons partout pour aller nulle part...

— Ça, je l'ai déjà entendu, interrompt Jean.

— Oui? Qui t'a dit ça?

— Aucune importance. Un incapable.

— Eh bien, moi, je suis chanceuse. J'ai une bonne copine. Zopie m'a dit qu'à partir d'aujourd'hui nous allons faire notre marché avec elle.

— Elle a l'air bien, cette Zopie.

— Elle vient demain. Je l'ai invitée pour souper. Tu verras, elle est très gentille.

— Et qu'est-ce qu'on mange aujourd'hui?

— Termitière rôtie farcie aux grillons.

— Pouah !

Catherine se lève et marche en direction du salon. Là, Jean l'entend qui s'exclame :

— Quelle jolie plante !

Le boldyque, pense Jean.

— C'est... (Jean hésite) un copain qui me l'a donné à l'école.

Catherine revient dans la cuisine toute souriante. Elle dit :

— Je me doutais bien que tu te ferais des amis rapidement. Tu sais, c'est très important d'établir des contacts, échanger, créer des liens avec d'autres personnes. Communiquer, c'est s'enrichir mutuellement.

— Ouais, en effet... murmure Jean en pensant à ses coudes écorchés.

— Est-ce que ton ami t'a dit comment s'en occuper ?

— Ah oui, j'oubliais. Il m'a dit de beaucoup l'arroser en arrivant.

— Laisse faire je m'en occupe.

Un grand verre d'eau à la main, Catherine arrive au salon et commence à arroser la terre du boldyque. Jean est resté dans la cuisine. Il entend une espèce de bruit sourd, ressemblant à un sac de papier qu'on fait éclater. Curieux, il demande :

— Tout va bien, maman ?

Catherine fait son entrée dans la cuisine le visage barbouillé d'une poudre noire, ses vêtements maculés du même produit.

— Je ne sais pas ce qui s'est passé avec ta plante. Le fruit a éclaté. Je pense que c'est ma faute, j'ai dû trop l'arroser.

Tout à coup une grimace se peint sur son visage et Jean voit sa mère qui court en direction des toilettes.

— Qu'est-ce qui t'arrive? demande-t-il

Dans un long cri, Catherine répond:

— Ça pique!!!!

Eh bien, pense Jean en colère, tu l'auras voulu, Calv. C'est la guerre.

* * *

Tout est prêt. Jean appuie sur un bouton de la télécommande et la machine se met en marche. Génial! Jean a tout simplement couplé un projecteur holographique avec une banque de données linguistiques. Pour compléter l'ensemble, il a installé les deux appareils sur un petit chariot motorisé pouvant se contrôler à distance. L'idée est simple: se montrer récitant un petit laïus: «Bonjour! Mon nom est Jean. Vous êtes sur Tiäne. Bienvenue.» Suivent des images d'objets familiers, paysages, situations que la banque linguistique identifie vocalement en français. Même si l'arbre ne comprend rien, il va se familiariser avec certains sons et établir des connexions. C'est tout de même un début. Ce sera aussi un test pour savoir si l'arbre est dangereux. La substance goudronneuse est apparue à la base de l'arbre. Si le chariot disparaît à l'intérieur de l'estomac, alors Jean saura à quoi s'en tenir.

Le chariot est maintenant assez près de l'arbre. Jean l'arrête. À l'aide d'une deuxième télécommande, il déclenche le projecteur. Dernière astuce : installer la barrière. Jean ne veut prendre aucun risque. Il serait plutôt déplaisant qu'un voisin trop curieux finisse en grosse boule grise. La barrière est constituée de cinq cônes en métal émettant un champ de force capable de repousser n'importe qui. Jean les répartit à la limite de la pelouse contaminée.

Quand tout est en ordre, il déclenche le champ de force et va rejoindre Xède.

— Je voulais te dire : je vais tenter de communiquer avec l'arbre noir. Alors, peut-être, tu ne seras pas obligé de le renvoyer dans son monde. Je dis bien : peut-être. Tout va dépendre de ses réactions. Je compte sur toi pour évaluer la situation. Je ne sais pas si, dans ton état, tu comprends ce que je te dis mais...

Tout à coup, le sol se met à trembler. Une brève secousse, faible, mais Jean l'a très bien sentie. Inquiet, il se tourne vers l'arbre noir.

— J'ai l'impression qu'il commence à avoir faim.

7

Lavage de cerveaux

Au matin, Jean se réveille tout en sueur. Quelle nuit infernale! Des rêves affreux l'ont harcelé sans répit. Soit c'était lui qui s'enfonçait dans le sol, happé par l'estomac de l'arbre noir. Soit c'était la maison au complet que la terre engloutissait pendant qu'un togard géant se tortillait de rire. Pire: il se rappelle tout à coup que c'est journée de lavage à l'école. On lave des cerveaux. Une autre pratique étrange de ces damnés lézards. Aussi bien aller voir en bas ce qui arrive avec l'arbre.

Jean n'en croit pas ses yeux. Le chariot est démoli. C'est comme s'il avait reçu un coup formidable venant du haut. À la surface du gazon noir, quelques petites boules grises sont visibles. «Probablement des oiseaux qui ont volé par-dessus la barrière», pense tout de suite Jean.

La situation se complique, mais Jean veut rester positif. La destruction du chariot n'est pas nécessairement un geste de violence gratuit ou un refus de communiquer. Se retrouver

seul sur un monde totalement étranger consti-
tue un puissant facteur de stress. L'arbre a
peut-être eu peur ou il s'est senti agressé par
les images qui défilaient devant lui. Il faut
chercher une autre forme de communication,
c'est tout. Mais, pour l'instant, il n'y a rien à
faire, sinon se préparer pour aller à l'école.

* * *

Un son aigu et puissant. C'est le signal.
Dans quelques secondes, toutes les lumières de
l'école s'éteindront. Jean a enduit son torse et
son visage d'une mixture mauve et collante
qu'on lui a gracieusement fournie. La peau des
lézards est extrêmement sensible aux vibrations sonores. Avec le produit mauve, Jean
devrait percevoir les mêmes sensations qu'eux.
Les étudiants vont bientôt chanter; les mélodies, répercutées par l'acoustique de l'endroit,
les entraîneront dans un état second. L'effet
sera différent pour chacun, mais les facultés
intellectuelles seront brièvement augmentées.
Assez pour laver le cerveau de ses vieilles
habitudes intellectuelles et engendrer des vi-
sions nouvelles.

Les lumières s'éteignent. Jean retient son
souffle. Comme tout le monde, il est couché sur
le sol. Il ne chantera pas. On lui a affirmé que
ce n'était pas nécessaire dans son cas. Il doit
seulement s'abandonner, supprimer toute
résistance. Ce sera difficile, mais Jean veut

aller au bout de l'expérience. Quelque part dans l'obscurité, un jeune lézard commence. Le son est plaintif, profondément solitaire. Sans trop savoir pourquoi, c'est le lointain passé de Tiäne qui vient à l'esprit de Jean. Il imagine un lézard assis devant un feu, perdu au milieu d'une nuit hostile et sauvage. Des centaines de milliers d'années plus tard, la même mélodie revient, inchangée, exprimant les mêmes craintes, les mêmes espoirs. Une autre voix se joint à la première, mais elle entonne un hymne différent, plus fort, aux accents joyeux. Les chants se multiplient. Jean est surpris de constater qu'ils ne cherchent pas l'harmonie. Les sons se heurtent, s'opposent violemment. Sa peau réagit. Jean la sent caressée par des vagues d'air, des turbulences étranges. À présent, c'est la cacophonie totale. Quelque chose va se produire. Jean tremble de tous ses membres. Tout à coup son esprit bascule dans un immense trou noir.

Jean voit des éclairs. Ils déchirent brutalement le noir, mais leur lumière ne révèle rien. Plus étrange encore, ils éclatent sans produire de son. La vision dure quelques minutes puis s'estompe. Là, Jean entend des voix. Deux personnes qui parlent dans une langue inconnue. Ensuite un parfum agréable monte à ses narines. Quelque chose qu'il n'a jamais senti auparavant. Enhardi par ces expériences sensorielles, Jean comprend qu'il doit s'abandonner davantage s'il veut obtenir autre chose qu'une image fragmentée. Doucement, son esprit se vide et le noir s'installe.

Jean discerne deux silhouettes, mais malheureusement elles sont trop floues pour être vraiment identifiables. Par contre, il reconnaît les voix de tout à l'heure. La scène s'évanouit. La tentative a été plus réussie que la précédente. Cette fois, il faut viser la durée et une plus grande netteté de l'image. Jean prend une grande inspiration, se décontracte et laisse son esprit couler.

Le noir encore. Puis, péniblement, une image pâle qui surnage. Un carré blanc qui devient un mur, un plancher, des meubles aux formes étranges. C'est très curieux comme effet. Jean a l'impression de regarder une de ces antiquités appelées photo. Tout ceci est figé, sans vie. Une forme noire traverse l'image de gauche à droite. Sans effort, Jean s'accroche à ce mouvement. Pas de résistance, il est une feuille de papier entraînée par un courant d'air. La forme poursuit sa course quelques instants puis s'immobilise brusquement.

La vision de Jean s'améliore. Il se rend compte que la forme appartient à un homme vêtu d'une combinaison moulante noire. Son visage semble humain sauf pour la peau d'un blanc cireux, presque luisant. Jean remarque aussi l'absence complète de cheveux et de sourcils. Quelqu'un arrive: un autre individu de la même race. Ils conversent ensemble. Jean ne comprend rien à leur langue, mais il reconnaît les voix entendues auparavant. Ils travaillent devant ce qui ressemble à une cuisinière. Un des types ajoute des ingrédients à l'intérieur d'une grande casserole, pendant que l'autre brasse le tout.

Jean perçoit de nouveau l'arôme. Il provient de ce qui mijote dans la casserole. Un des inconnus lance une exclamation bizarre et l'autre s'empresse de retirer la préparation de la plaque chauffante. Le liquide brûlant est versé avec précaution dans un contenant ressemblant à un grand thermos. L'opération terminée, les hommes échangent encore quelques paroles. Un des inconnus s'empare du thermos et les hommes quittent ensemble la pièce. Jean ne sait pas comment, mais il les accompagne. Il est avec eux lorsqu'ils empruntent un long corridor. Il est avec eux lorsqu'ils montent à bord d'un ascenseur. Maintenant, les deux personnages se retrouvent à l'extérieur, en plein soleil. Ils ont mis des lunettes fumées, probablement pour se protéger de la lumière du jour. Jean peut détailler les alentours : un grand champ gazonné où se profile une chaîne de montagnes. À quelques pas se dresse la masse noire d'un champignon géant, un champicalv.

Le liquide encore fumant est répandu à la base du champignon. Quand le thermos est vide, les hommes en noir restent sur place et attendent. Aucune émotion n'est visible sur leur visage. Lentement ils enfoncent dans le sol, happés par l'estomac du champicalv. Jean voudrait réagir. Crier à ces gens de s'enfuir, de se débattre mais, c'est impossible. Son esprit est là mais pas son corps. Au comble de l'horreur, il les voit disparaître complètement sous la terre. Jean a le goût de vomir. Brusquement une lumière aveuglante envahit son regard. Ce sont les lumières de l'école. Il est de retour.

* * *

Après le lavage de cerveaux, il faut toujours une période de discussions. Histoire de bien malaxer les idées et surtout de les démolir. Les étudiants appellent ça «le rinçage». Jean est assis par terre. Ils sont une dizaine en cercle et chacun raconte son expérience. Jean est consterné par la banalité des choses qu'ils évoquent. Des chiffres, des équations, des couleurs, parfois un simple mot dont les lézards s'attardent à marteler le sens. Atterré, Jean sent toute la distance qui le sépare de cette race. Ils ne «voient» pas comme lui. Leur esprit est trop différent. Il décide alors de mentir. Quand son tour arrive, il dit que le lavage n'a produit aucun effet sur lui.

Plus tard dans la journée, Jean rend une visite à l'ordi pour connaître son avis sur l'expérience qu'il a vécue.

— Je pense, dit Belk que tu as vécu un transfert de mémoire. J'ai deux cent cinquante documents que tu peux consulter sur le sujet.

— Tu dis transfert de mémoire. Pourquoi pas un échange télépathique? questionne Jean.

— L'échange s'est fait de manière télépathique, de cerveau à cerveau. Par contre, tu as perçu des odeurs. Tu as vu des choses et, surtout, tu as assisté à une séquence d'événements. Une personne fait ceci, ensuite cela, jusqu'à la conclusion: ici, les deux personnes avalées par la plante.

Jean réfléchit. Il devient de plus en plus habile à ce jeu de discussions avec Belk. Il finit par dire:

— J'ai l'impression que l'on m'a transmis un mode d'emploi et, d'après moi, le transmetteur ne peut être que l'arbre noir. Mais un mode d'emploi pour quoi? Pour se faire bouffer par l'arbre? Non, il doit s'agir d'autre chose.

— En parlant de transmetteur, j'ai un message de ta mère. Elle veut qu'après l'école, tu passes au marché d'alimentation, celui qui est spécialisé dans les importations terrestres. Elle y a fait une commande par holophone. Comme ils ne font pas la livraison, elle aimerait que tu ramènes le poulet à la maison.

— Un poulet? s'étonne Jean.

Pour rire, il ajoute:

— Je ne me rappelle plus très bien à quoi ça ressemble.

— J'ai trente-deux documents contenant le terme «poulet».

— Laisse tomber. Je blaguais.

8

Zopie la folle

Jean n'en revient pas. Au menu ce soir : poulet rôti, frites, salade de chou. Et, pour dessert, quelque chose d'inespéré : un gâteau au fromage. Zopie veut manger terrien. Qu'elle soit bénie ! Catherine prépare le repas avec minutie et, note Jean, avec une certaine allégresse. Le masque a glissé quelques secondes. Le temps qu'elle déclare, un brin d'émotion dans la voix, que «dans la cuisine flottent des odeurs de chez nous». Jean, qui s'affairait à râper du chou, lâche tout et s'approche de sa mère. Il la serre longuement dans ses bras. Se sentant coupable de s'être tu à propos de l'arbre noir, il est sur le point de tout dire, mais il se retient. À quoi bon gâcher cette soirée ? Demain il parlera. Peut-être.

* * *

À six heures juste, on sonne à la porte d'entrée. Jean visualise les bonnes clés mentales (deux triangles) et ouvre la porte. Il aperçoit un grand et corpulent lézard femelle à peau mauve, un immense chapeau melon sur la tête. Jean comprend en un éclair où sa mère va chercher ses idées vestimentaires. Il veut souhaiter la bienvenue à leur invitée, mais il n'en a pas le temps. Zopie se jette sur lui, l'arrache de terre et le serre contre son corps immense en déclarant:

— Chaud! Vous êtes si chaud! C'est merveilleux.

Jean se débat pour échapper aux bras puissants de Zopie mais n'y parvient pas.

— Chaud! Chaud! répète-t-elle à qui mieux mieux.

Finalement elle laisse choir sa proie sur le plancher. Un peu secoué, Jean se relève, s'efforçant de conserver son sourire. Sa mère arrive dans le vestibule et la scène se reproduit avec force «Chaud! Chaud!» Les effusions de Zopie ne semblent pas incommoder outre mesure sa mère. Elle est habituée, pense Jean. Mais quand il la voit, l'étreinte relâchée, s'écrouler sur le sol, il n'en est plus aussi sûr.

— J'ai une surprise! J'ai une surprise! s'écrie Zopie qui retourne dehors sans doute pour la chercher.

Jean aide sa mère à se mettre debout et lui glisse à l'oreille:

— Elle est toujours aussi exubérante?

— Les lézards à peau mauve sont comme ça, lui murmure sa mère, jamais en panne d'explication. Tu vas voir: dans deux secondes, elle va être complètement apathique.

Zopie tarde à revenir.

— Bon, dit sa mère à Jean, si c'est ce que je pense, va la réveiller. Moi, je retourne à la cuisine.

Effectivement, lorsque Jean arrive dehors, il aperçoit Zopie en train de roupiller dans son véhic, un modèle grand luxe d'un bleu étincelant et aux formes aérodynamiques. Il suffit de dire à l'ordinateur de bord la destination et l'appareil s'envole sans l'aide d'aucun pilote. Drôlement pratique, surtout si on a tendance à s'endormir au volant. Jean introduit un bras à l'intérieur du véhic et secoue Zopie qui se réveille brusquement.

— Mon œuf! Mon œuf! Où est mon œuf? s'écrie-t-elle, affolée.

Jean remarque sur la banquette arrière un gros contenant rouge qu'il pointe à tout hasard.

— Oui, il est là, soupire-t-elle, soulagée. Mais où ai-je la tête aujourd'hui? Tu m'aides à l'apporter à l'intérieur? C'est ma surprise, Je voulais vous présenter... (elle hésite) Katia.

— Katia? Ça sonne terrien.

— Tu trouves? Je viens tout juste de le choisir. Cela ressemble un peu au nom de ta mère: Catherine. Toi, c'est Jean. Donc je pourrais l'appeler Katjane. Ton père?

— Paul.

— Cela donne Katjanpaula. C'est très joli. Jean, je te présente Katjanpaula.

Avec précaution, Jean s'empare du contenant, heureusement pas trop lourd. Zopie semble avoir retrouvé sa bonne humeur. Tout en marchant vers la maison, elle répète à voix haute:

— Katjanpaula! Katjanpaula!

Jean n'en revient pas. Elle est complètement toquée, cette Zopie.

* * *

À table, Zopie s'en donne à cœur joie: mangeant, questionnant, émaillant la conversation de remarques aussi farfelues les unes que les autres. Jean commence à la trouver sympathique. Surtout qu'elle s'est endormie au moins trois fois entre deux bouchées. Doucement Catherine la réveillait et la discussion reprenait son cours comme si rien ne s'était produit.

Enfin le moment que Jean attendait le plus: le dessert. Le gâteau au fromage dans toute sa splendeur, comme seule sa mère sait le faire: pas trop lourd, légèrement sucré, très riche, fondant dans la bouche et nappé d'une savoureuse glace aux fraises.

Zopie est émue:

— C'est merveilleux! C'est rond. C'est rouge sur le dessus. C'est brun sur les côtés. Ça doit être délicieux.

— Mais *c'est* délicieux! dit Jean avec enthousiasme.

Catherine coupe une portion généreuse qu'elle dépose dans une assiette et qu'elle sert à Zopie.

— J'espère que tu vas aimer. Mais ne te force pas. Le goût peut être très étrange ou carrément mauvais pour ta race.

— Oh non. Je suis sûre que je vais adorer.

Et en disant ces derniers mots, Zopie bascule par en avant, tête première dans son assiette. Elle est morte.

* * *

L'ambulance vient de quitter, le cadavre de Zopie et son œuf à bord. Catherine et Jean, encore sous le choc, sont assis dans le salon. Catherine est devenue un moulin à paroles. Réaction nerveuse, sans aucun doute. En long et en large, elle raconte Zopie, brosse un portrait de la disparue où le moindre détail possède une importance capitale. Jean écoute. De temps en temps, il acquiesce par un «Pauvre Zopie», ce qui lui semble très bien résumer la situation. Les infirmiers ont expliqué que sa mort était naturelle. Zopie était très très vieille.

La conversation change de ton. Maintenant, Catherine se sent coupable de la mort de Zopie. Jean a beau tenter de la convaincre du contraire, sa mère persiste dans sa pensée.

Elle croit que c'est l'excitation de la soirée qui a porté un coup fatal au cœur usé de son amie. Jamais Zopie n'avait été aussi enjouée. Et cette nourriture! Beaucoup trop riche. Jamais, au grand jamais, elle ne refera un gâteau au fromage de sa vie. Ils restent ainsi longtemps à discuter, à voix de plus en plus basse, jusqu'à ce que Jean s'endorme sur le divan.

9

La vengeance

Le lendemain matin, Jean se réveille péniblement. Catherine dort. Hier, elle aussi s'est assoupie dans son fauteuil. Huit heures! Sa mère est en retard pour le travail. Jean s'empresse de la sortir de son sommeil. Quand elle réalise l'heure qu'il est, Catherine dit:

— Tant pis, je vais les avertir, au bureau, que j'arriverai plus tard. Ce n'est pas la fin du monde.

— Comment te sens-tu? demande Jean.

— Ne t'en fais pas pour moi. Je vais beaucoup mieux ce matin.

— Heureusement, parce que tu m'inquiétais la nuit dernière, tu sais.

— Je vais survivre, dit-elle en soupirant. Bon, va te préparer. En attendant, je te fais une collation. Tu la mangeras en route.

— Une collation?

— D'accord, j'ai compris. Pas d'insectes ce matin. Un sandwich au beurre d'arachides, ça te plairait?

— Super!

* * *

À l'école, Jean feint de s'occuper en fouillant dans les étagères, mais le cœur n'y est pas vraiment. Il ne peut s'empêcher de penser à la veille. La même vision lui revient sans cesse : la tête de Zopie qui atterrit dans le gâteau au fromage. Avant de devenir complètement dépressif, il décide de rendre visite à Belk. Après tout, c'est le seul ami qu'il possède sur la planète.

* * *

— Bonjour, Jean !
— Salut, Belk.
— Qu'est-ce que je peux faire pour toi ?
— Je ne sais pas.
— Désolé, je ne suis pas programmé pour faire la conversation. Tu dois me poser des questions ou me suggérer des champs de recherche.

Jean se fâche :

— Sur Terre, les ordinateurs sont amusants ! Ils font des blagues, ils donnent des encouragements et ils peuvent parler de la pluie et du beau temps pendant des heures. Ce qui n'est pas ton cas. Dire que je te croyais mon ami.

— Je ne suis pas une personne. Je suis une machine.

— Merci de l'information, rétorque Jean avec hargne.

— En passant, j'ai des messages pour toi.

— Des messages? Lesquels?

— Deux en tout. Le premier vient de la Terre. Ton ami Bernard t'envoie un dossier volumineux sur l'apprentissage linguistique. Je l'ai chargé dans ton ordinateur personnel, chez toi. Le second est de Calv. Il veut te rencontrer de toute urgence.

À cette annonce, la hargne de Jean vient de monter d'un cran. Le lézard doit vouloir se livrer sur lui à une autre de ses «expériences». Il est grand temps de régler le dossier Calv.

Jean demande:

— Dis-moi, Belk, les lézards ont-ils un point faible, physique ou mental?

— Ils en ont plusieurs, même si leur longévité est très supérieure aux mammifères de ton espèce. Le plus évident serait celui lié à leur odorat. Comme il est très sensible, la présence subite et massive d'une multitude d'odeurs engendre une paralysie temporaire du système nerveux. Note que le lézard possède ses propres défenses naturelles pour bloquer ce genre d'attaque sensorielle. Par contre, certaines substances chimiques ont pour effet de bousiller son système défensif. Justement, un groupe à l'école étudie ce genre de produits. D'après leurs derniers rapports, ils ont mis au point une hormone qui aide à provoquer une paralysie instantanée. Malheureusement, ils n'ont pas eu l'occasion de la tester.

— Tu peux me donner leurs noms?

— Ils sont quatre: Pracke, While, Före et Jeû.

— Très bien. Je vais leur rendre une petite visite.

* * *

Les quatre lézards se sont montrés des plus coopératifs. Ils ont écouté Jean attentivement et lui ont tout de suite remis un échantillon du produit à tester, un liquide jaunâtre contenu dans une fiole munie d'un vaporisateur. On lui précise que l'effet ne durera pas longtemps, à peine quelques minutes et seulement si le sujet est directement atteint par le liquide. Jean espérait quelque chose de plus puissant, mais il s'en contentera. On a remercié aussi le Terrien d'avoir déniché un volontaire désireux d'inhaler leur décoction. Par contre, ils ont voulu savoir de qui il s'agissait. Au nom de Calv, les lézards ont émis des sons bizarres que Jean n'a pu identifier malgré son entraînement linguistique. Quelques remarques lui ont toutefois permis de comprendre que le personnage était peu apprécié à l'école. Armé de la fiole, Jean est maintenant prêt à affronter son ennemi.

* * *

— Enfin! Te voilà, Terrien. Je vois que l'ordi t'a transmis mon message.

— Mon prénom est Jean.

— Jean, je vais te montrer quelque chose de...

Avant que Calv ait pu terminer sa phrase, Jean lui vaporise au visage une dose du contenu de la fiole. Une odeur puissante se répand, qui rappelle vaguement à Jean celle de la graisse brûlée. Il se doute que, pour l'odorat sensible de Calv, il doit s'agir de quelque chose comme d'un coup de poing en plein visage. En effet, le résultat ne tarde pas à se produire. Le lézard commence à chanceler. Bientôt il est incapable de tenir debout. Pour éviter un accident, Jean soutient Calv et l'aide à glisser doucement jusqu'au sol. Le lézard est maintenant complètement paralysé. Normalement, il devrait être capable d'entendre.

— N'aie pas peur, Calv, dit Jean. Cela devrait durer seulement quelques minutes. J'ai seulement voulu te rendre la monnaie de ta pièce. J'espère qu'à partir d'aujourd'hui, tu y penseras à deux fois avant de te servir de moi comme cobaye.

Tout à coup, Jean se rend compte de quelque chose : le silence. Normalement, il faut presque crier pour se faire entendre à l'école. Inquiet, Jean décide de jeter un coup d'œil en dehors de l'atelier. Tous les lézards de la place sont étendus par terre, immobiles.

«Je ne comprends pas, pense Jean tout haut. Ils m'avaient pourtant affirmé que le produit ne fonctionnait que par contact direct.»

Pris de panique, il décide de filer ailleurs avant qu'une chasse au responsable s'organise.

* * *

Chez lui, Jean s'est terré dans sa chambre. Dans l'angoisse, il guette la sonnerie de l'holophone ou la voix synthétique de Simon lui annonçant qu'une foule s'est massée devant la maison. Son imagination s'emballe. Et si la paralysie était permanente? Lui et ses parents seraient chassés de la planète. Ou on le mettrait en prison. Non, il est trop jeune. Mais sur Tiäne, on emprisonne peut-être les jeunes. Comme le dit souvent sa mère: «Ici, tout est différent.»

L'après-midi s'écoule. Pas d'holophone, pas d'émeute devant sa porte. À cinq heures, sa mère arrive. Jean commence à souffler un peu. Lorsque Catherine lui demande comment a été sa journée, il préfère passer l'épisode sous silence. Ce n'est pas le moment d'en rajouter: l'arbre noir, Zopie... De toute façon, Catherine semble extrêmement soucieuse. Après le repas (carré aux mouches relevé d'une sauce aux pucerons), il questionne sa mère:

— Qu'est-ce qui ne va pas, maman?

— Toute la journée, je n'ai pu m'empêcher de penser au bébé de Zopie.

— Katjanpaula.

— Katjanpaula?

— C'est le nom qu'elle voulait lui donner.

— Je ne sais pas ce que tu penses de cette idée. Je me suis renseignée. Nous pourrions l'adopter.

Jean est embarrassé. Il pense que sa mère réagit par culpabilité. Bien que le fait d'avoir un petit frère ou une petite sœur lézard ne le dérange pas du tout. C'est que ce genre de décision ne se prend pas à la légère. Il finit par dire à Catherine:

— Je ne sais pas. Je me demande si tu n'es pas encore sous le choc de la mort de Zopie. À ta place, j'attendrais un peu que nous en discutions toute la famille ensemble.

Catherine réfléchit puis laisse tomber:

— Tu as peut-être raison. Ton père sera de retour d'ici quelques jours. Nous en reparlerons à ce moment-là.

Jean est rassuré. Il dit:

— Très bien. Si tu me cherches, je suis dans ma chambre. J'ai des choses à étudier sur mon ordinateur.

— Très bien.

* * *

L'ordinateur de Jean n'a rien à voir avec celui sophistiqué de l'école. C'est un modèle bon marché avec un petit écran. Déception! Le dossier que Bernard a envoyé à son ami est essentiellement écrit. Jean va être obligé de lire. Le nombre de pages: cinq cent quarante-trois! Il en a pour toute la soirée. Si ce n'est une partie de la nuit. Déprimé, le garçon se met à la tâche.

Heureusement, la lecture finit par se révéler passionnante. Il découvre que l'apprentissage linguistique sous hypnose a été inventé sur Terre par un dénommé Samuel Redson. Comme toute invention, elle a évolué à partir de dérapages, catastrophes qui ont apporté leurs lots de martyres et autres victimes de la science. Les premières versions de cette technique avaient toutes sortes d'effets secondaires parfois cocasses, parfois dramatiques. Ainsi certaines personnes pouvaient rester bloquées sur une phrase et la répéter à l'infini. D'autres mélangeaient toutes les langues et s'exprimaient dans un charabia incompréhensible. Dans les cas les plus graves, la personne perdait complètement la mémoire et son identité. D'où les clés qui, en cas d'urgence, jouent le rôle d'un interrupteur et débranchent le sujet de l'apprentissage. Au début, il y a eu un certain abus. Les premières versions pouvaient comprendre une douzaine de clés aux effets les plus bizarres: endormir la personne, lui faire perdre temporairement la mémoire, faire réciter au sujet l'alphabet de manière continue, prononcer des mots commençant uniquement par la lettre s, etc. Les savants de l'époque s'en donnaient à cœur joie. On a fini par mettre de l'ordre dans tout cela.

En annexe, Jean découvre une liste des vieilles clés qui correspondent aux anciennes versions. Elles sont très simples. Elles commencent toutes par ZZ, suivi d'un chiffre selon l'effet désiré. Bernard a ajouté une note à la fin pour Jean : «Voilà tout ce que j'ai pu trouver. Je me demande vraiment comment ton lézard a réussi à découvrir le code qui a fonctionné sur toi. C'est sûrement un futé. Si jamais tu l'apprends, renseigne-moi. Bernard.»

Lorsque Jean consulte sa montre-bracelet, il constate avec surprise l'heure tardive : déjà minuit. Sa mère doit être endormie. Tout en se préparant pour la nuit, Jean se demande avec inquiétude quelle réception l'attend demain à l'école. Il ferait peut-être mieux de jouer la carte de la maladie. Malheureusement, sa mère ne mord jamais à ce genre de truc. Jean s'est déshabillé, a mis son pyjama et passe aux toilettes pour se brosser les dents. Dans le corridor, Jean s'immobilise. Il entend un murmure étouffé. Il n'est pas fou. On dirait deux personnes qui discutent à voix basse. Cela provient du rez-de-chaussée. Le plus silencieusement possible, il descend l'escalier.

Le salon atteint, Jean fouille l'obscurité du regard. Un autre son capte son attention. Celui d'une porte que l'on referme doucement. Sans trop savoir pourquoi, Jean pense tout de suite à la cave. Il se couche sur le ventre et colle son oreille sur le plancher en bois. Ils sont là! Il les entend qui parlent. Jean se relève et, à pas de loup, marche en direction de la cave.

En bas, il allume brusquement la lumière. Il espérait un effet de surprise mais, à première vue, personne. Par contre, une des fenêtres donnant sur le jardin est grande ouverte. Elles sont toujours verrouillées. «Ils» ont donc passé par ici.

Jean n'a pas du tout peur. Au contraire, le danger a toujours eu le don de l'électriser.

De sa voix la plus menaçante, Jean gronde:

— Je sais que vous êtes ici. Sortez de votre cachette!

Pas de réponse. Dans un coin de la cave traîne un bâton de baseball. Jean s'en empare. Avec prudence il avance, attentif aux moindres signes pouvant trahir une présence étrangère. L'inspection se révèle négative. Par contre, le sol est couvert de multiples traces de pas, noires et gluantes. Jean les examine de plus près. Pas de doute, il s'agit de la même substance qui entoure l'arbre noir.

Perplexe, Jean se dirige vers la fenêtre ouverte. Dehors, tout est tranquille. Dans la pâle lumière de la pleine lune, la silhouette de l'arbre noir se détache. Une idée commence à germer dans la tête de Jean. Calv a dit que l'estomac de la plante occupait beaucoup d'espace. Suffisamment, pense Jean, pour qu'une ou deux personnes puissent s'y dissimuler. Voilà donc le sens de sa vision lors du lavage de cerveau. La maladresse de Xède a permis le transport de l'arbre sur Tiäne et de ce qui se trouvait logé dans son estomac. Voilà qui complique tout. Que veulent ces gens? Pourquoi viennent-ils la nuit dans sa maison? Ils sont évolués puisqu'ils ont réussi à neutraliser le champ de force qui entoure l'arbre. Peut-être ont-ils tout simplement peur. Il ne faut pas oublier qu'on les a transportés contre leur gré dans un monde dont ils ignorent tout.

Jean se dit que tout serait tellement plus simple s'il pouvait leur parler. Les convaincre que personne ne leur veut de mal. Il faudrait les faire sortir de leur cachette. Ou y pénétrer. Mais comment? Jean réalise qu'il a besoin des connaissances de Calv. Très bien. Demain, il ira voir le lézard. Il le convaincra de venir chez lui même s'il doit le traîner par la longue peau de son cou! Sur cette dernière pensée, Jean décide de retourner se coucher.

10

Visite à l'intérieur

— Cher confrère! s'écrie Calv en français.
Quel plaisir de te revoir.

Jean s'attendait à un accueil plus rude. Il
est vrai que son entrée à l'école s'est déroulée
dans l'indifférence générale. Les lézards ou-
blient vite ou ils sont peu rancuniers, a pensé
Jean sans trop vraiment y croire.

Calv poursuit:

— C'était très bien ton expérience d'hier.
Tu sais combien de temps toute l'école est
restée paralysée?

— Non, répond Jean, mal à l'aise.

— Quatre heures!

Atterré, Jean demande:

— Et vous ne m'en voulez pas?

— Pas du tout. Ce genre d'incident est tout
à fait courant ici. Tiens, par exemple, cet
édifice a bien dû passer au moins dix fois au
feu. Dernièrement, il a fallu placer l'école en
quarantaine parce que quelqu'un s'amusait
avec des virus contagieux. Alors ne t'inquiète
pas et passons aux choses sérieuses.

— C'est-à-dire?

— Ceci.

Le lézard lui·montre du doigt un champicalv dans son pot.

— La plante, explique-t-il, est installée sous deux projecteurs très puissants. Je vais les allumer.

La chose faite, Calv annonce:

— Dans trente secondes, cela va se produire.

Le lézard, les yeux sur un chrono, commence le décompte à voix haute:

— Vingt-neuf, vingt-huit...

Quand il atteint le zéro fatidique, le champicalv disparaît.

— Où est-il passé? demande Jean avec surprise.

— Il voyage.

— Il voyage? répète un Jean incrédule.

— Il vient de passer près d'une nébuleuse. Je le vois qui frôle un trou noir. Il va être aspiré par le trou noir. Non, rien ne peut l'arrêter. Quatre fois plus vite que la lumière, il file à travers le cosmos infini. Le voilà qui atteint sa destination.

— Où? demande Jean à bout de patience.

— Derrière toi.

Jean se retourne. Effectivement, à peu de distance sur le plancher repose le champicalv. Le garçon ramasse le pot et le remet au lézard. Il a peu goûté l'humour de Calv.

— C'est très bien, ce tour de passe-passe, mais tu peux expliquer?

— Voici ma théorie, dit gravement le lézard comme s'il s'adressait à un vaste auditoire. Mais je tiens à préciser qu'il s'agit d'une théorie. D'autres expériences seront nécessaires pour confirmer mes idées. Selon moi, nous sommes en présence d'un énergivore.

— Un énergivore?

— Un mangeur d'énergie. Laisse-moi t'expliquer. Tous, nous mangeons de l'énergie. C'est-à-dire que nous consommons sous forme d'aliments des substances que notre corps convertit par un processus très complexe en énergie nécessaire pour maintenir nos fonctions vitales.

— Oui, je sais.

— Bon, le champicalv fait la même chose sauf qu'il peut retenir cette énergie, l'emmagasiner pour la libérer d'un seul coup. Il peut le faire à partir de simples aliments comme l'insecte d'hier. Par contre, si on lui offre une diète plus riche comme une lumière très intense, il se charge comme une vraie batterie.

— Il emmagasine cette énergie pour quoi faire?

— Pour voyager. Tu remarqueras que le pot l'a suivi dans son déplacement. C'est que la plante crée un champ autour d'elle. Tout ce qui se trouve à l'intérieur de ce périmètre va l'accompagner. C'est très curieux, ce phénomène. Plus on en apprend, plus les questions surgissent.

— Mais pourquoi se déplacer de quelques mètres seulement?

— Disons que c'est suffisant pour déconcerter un ennemi pas trop malin. Par contre, je suis sûr que plus elle emmagasine de l'énergie, plus elle peut se déplacer loin.

— Penses-tu qu'elle serait capable de voyager d'une planète à l'autre?

— Pourquoi pas? Tout est possible.

— Autre chose: un organisme vivant peut-il s'introduire dans l'estomac d'un champicalv sans y être automatiquement dévoré?

— Drôle de question. Mais la réponse est affirmative. J'ai découvert un produit qui a justement pour effet de neutraliser temporairement les activités digestives de la plante.

— Très bien. Ça confirme ce que je pense.

Jean raconte alors tout à Calv: l'arrivée de l'arbre noir, sa vision pendant le lavage de cerveau ainsi que les événements de la nuit dernière. Le garçon conclut en demandant au lézard:

— Que penses-tu de tout ça?

— Je pense, dit Calv sur un ton excité, que nous n'avons pas de temps à perdre. Je vais synthétiser une bonne quantité de mon produit neutralisant et nous partons immédiatement visiter l'intérieur de ton arbre noir.

* * *

Dès que Jean et Calv pénètrent dans le jardin du Terrien, le lézard exulte :

— Prodigieux! Quelle taille! Attends! Ne bougeons pas. Je veux le sentir.

Les paupières closes, Calv respire lentement et profondément. Après quelques minutes, il dit :

— Son odeur est complexe. Très différente des petits spécimens en ma possession. Tiens, l'odeur a changé. Cela veut dire qu'il réagit. Il est donc conscient de notre présence.

Jean comprend maintenant pourquoi, la nuit du togard, Xède pouvait affirmer que l'arbre les écoutait.

Calv a terminé son examen olfactif de l'arbre noir. Il dit à Jean :

— Allons voir notre ami de plus près.

Ils avancent et s'arrêtent à l'exacte limite de la zone goudroneuse. Le lézard se penche afin d'examiner la substance noire. Il en frotte un échantillon entre ses doigts. Impatient, Jean demande :

— Alors? On peut y aller?

Le lézard se relève et répond :

— Oui. Je pense que nous pouvons nous risquer.

Dans un petit bidon rouge en plastique se trouve le produit mis au point par Calv. Jean débouche le récipient et en verse le contenu sur la pelouse noire qui semble boire avidement le liquide. Le bidon vide, ils attendent quelques minutes, puis Calv donne le signal.

Le lézard et le Terrien pénètrent en même temps dans la zone critique. Le sol est mou. Jean a la bizarre impression de marcher sur une membrane à la fois élastique et vivante. Tout à coup ses pieds s'enfoncent dans la masse noire avec un bruit de succion désagréable. Son premier réflexe est de se démener pour s'extirper de cette horreur gluante. Calv l'avertit :

— Laisse-toi faire. Ce sera vite terminé.

Vite terminé! Les mots ont une résonance funèbre dans les oreilles de Jean. Le sol a gobé une partie de leurs mollets. Le mouvement qui les attire vers le bas est lent. Ils sont enfoncés à mi-cuisses mais la peur demeure contrôlable. Au nombril, c'est déjà plus difficile. Quand les épaules sont avalées et que seule émerge la tête, Jean ne peut s'empêcher de lâcher un cri de terreur. Ce à quoi Calv réagit :

— Silence! Tu m'empêches de penser.

Au niveau du nez, Jean doit retenir son souffle et lutter contre une pénible impression d'étouffement. Ça y est, ils sont complètement aspirés à l'intérieur. Il y a une brève chute dans le noir, puis l'atterrissage sur une surface molle et spongieuse. L'air est lourd et Jean éprouve une certaine difficulté à respirer. Heureusement, il avait pensé à apporter un sac à dos avec divers instruments dont une lampe de poche. Il allume. Sa lumière éclaire une paroi grise recouverte de longs filaments noirs et gluants. Calv émet un commentaire:

— Les filaments servent à entourer la proie afin de l'étrangler. Tu remarqueras que certains possèdent à leur extrémité un crochet pointu. Leur fonction consiste à déchiqueter la nourriture. Ils sont merveilleusement efficaces. Une chance pour nous, ils sont hors d'usage.

Jean continue à examiner l'endroit. Rien, seulement une cavité assez étroite. Un peu déçu, il se demande comment quelqu'un peut voyager dans un espace aussi inconfortable.

— Passe-moi ta lampe, commande Calv. Il faut maintenant trouver l'ouverture qui donne sur le deuxième estomac.

— Il y a un deuxième estomac?

— Oui, et il est plus grand.

Calv se met à quatre pattes et commence à chercher. De longs poils gluants recouvrent le «sol», ce qui ne facilite pas les choses. Le reptile a trouvé. Jean peut le voir qui enfonce sa tête à travers la paroi grise. Il la ressort et dit à Jean:

— Incroyable! Vite, suis-moi.

Le lézard passe tout son corps par l'ouverture et se glisse de l'autre côté. Jean l'imite.

Incrédule, Jean regarde autour de lui. L'endroit baigne dans une douce lumière verte éclairant un bric-à-brac d'objets de toutes sortes entassés les uns sur les autres.

À tout hasard, Jean lance: «Est-ce qu'il y a quelqu'un? Nous ne vous voulons aucun mal.» Pas de réponse. À première vue, ils sont les seuls êtres vivants qui occupent cet endroit.

Calv lui montre du doigt une mousse verte et phosphorescente qui tapisse les parois du deuxième estomac.

— Cette mousse, je reconnais son odeur. J'ai déjà étudié cette plante. Elle produit de l'oxygène, filtre l'air et fournit l'éclairage. À la limite, tu peux même t'en servir comme nourriture. Brillant, n'est-ce pas? Tu saisis ce que ça implique?

— Soit cette plante a été modifiée génétiquement, soit elle a évolué afin de servir d'habitat à une autre forme de vie.

— Exactement.

Dans tout cet amoncellement d'objets, un en particulier attire son regard. C'est un trophée de hockey. Jean le reconnaît bien. Il appartient à son père. Il vérifie. Son nom figure bien dessus, avec l'année où il l'a remporté: Paul Tremblay, 7 août 2267. Plus loin, il découvre un disque de musique du groupe les Clônes Imparfaits. Il est certain qu'il s'agit de son exemplaire! Là, c'est la raquette de tennis de sa mère.

— Je ne comprends pas, demande Jean. Pourquoi voler des trucs aussi inutiles?

— Qui sait? Ce qui te semble d'une parfaite inutilité peut valoir une fortune sur leur planète.

— Oui, mais faire autant de chemin pour s'emparer d'un vieux trophée de hockey, ça dépasse mon entendement.

Jean et Calv continuent leur fouille. Si certains objets sont d'une banalité déconcertante, d'autres les laissent tout à fait perplexes: une gigantesque brosse à cheveux, une paire de lunettes pour quelqu'un possédant trois yeux.

Tout cela est très intéressant, mais Jean n'est pas descendu ici pour jouer les brocanteurs. Où sont les visiteurs? Voilà la chose qu'il veut savoir. Il remarque alors qu'une des parois de l'estomac ne dégage aucune lumière. Il en souffle mot à Calv et les deux s'approchent prudemment. Ils constatent que la paroi est parcourue par un vaste enchevêtrement serré de racines brunes se tortillant dans toutes les directions.

— Enfin! s'écrie Calv. En plein ce que je cherchais.

— Qu'est-ce que tu cherchais? demande Jean avec curiosité.

— Ceci, répond Calv en désignant la paroi du doigt. Ce qui permet de contrôler ce vaisseau.

— Le vaisseau?

— Oui, l'arbre noir. Vaisseau, bateau, bicyclette, trottinette. Appelle l'arbre comme tu voudras, mais tu dois comprendre que, quelque part, il faut bien un guidon pour la faire tourner, cette trottinette. Tourner à gauche, tourner à droite mais tourner!

Tout en parlant, Calv fait semblant de contrôler un guidon imaginaire.

— Regarde bien ces racines, continue le lézard. À quoi cela te fait-il penser?

— À des racines, réplique sèchement Jean, irrité par la grandiloquence de Calv.

— Mais non. Imagine que chaque racine possède sa couleur. Il y en a des rouges, des noires et des jaunes.

L'esprit de Jean s'illumine:

— Un circuit électronique!

— Exactement. Mets-toi à genoux, nous sommes devant le cerveau de cette divine machine. J'ai beaucoup de respect pour les cerveaux.

Deux grosses racines émergent du centre de la paroi. Calv les désigne du doigt.

— Ça, dit-il, c'est l'interface. L'entrée royale pour accéder à cette masse pensante.

— Qu'est-ce que tu en sais?

Sur un ton supérieur, Calv déclare:

— C'est évident. Il faut bien qu'ils servent à quelque chose, ces trucs.

— Contact semi-télépathique?

— C'est ce que je pense.

— Et si j'essayais, que se passerait-il?

Calv prend quelques secondes pour répondre, puis:

— Probablement rien. Mais l'expérience vaut la peine d'être tentée.

Jean s'approche de la paroi. Il saisit la racine de droite. Rien ne se produit. Il s'empare de la suivante. Toujours rien. Il en place une sur sa tempe droite. Au contact de l'autre sur sa tempe gauche, il sent une vague de froid foudroyante traverser son corps. Un frisson le secoue et il se met à claquer des dents. Heureusement, la sensation disparaît aussi vite qu'elle est venue. Une impression bizarre lui succède. Celle de n'être plus seul. L'arbre: Jean devine qu'il est là. Sa présence semble bienveillante. Une curieuse ivresse le gagne. C'est la chaleur du soleil sur le tronc de l'arbre. Voilà donc ce que ressentent les plantes quand elles se gavent de lumière, pense-t-il. Des milliers de photons qui s'agitent et éclatent doucement à la surface de l'arbre.

Maintenant, Jean voit comme l'arbre. Il aperçoit sa propre maison. C'est une vision changeante, un peu comme si le point de vue était flottant. Le souffle coupé, Jean se rend compte qu'il peut voir à l'intérieur de la maison. Sa vision change, il a l'impression de flotter au-dessus du toit. Tout se brouille et il se revoit sur Terre, dans leur ancien appartement. Ému, Jean comprend que l'arbre lui fait un cadeau. Calv se trompait. La plante n'est pas une machine mais un être vivant avec sa personnalité propre. L'arbre a dû sentir le désir de Jean de retourner chez lui. Jean veut maintenant voir son ancienne chambre. Aussitôt, il s'y trouve. Avec un pincement au cœur, il constate que tout a changé: quelqu'un d'autre vit là.

D'abord plongé dans une profonde tristesse, Jean éprouve ensuite quelque chose de bizarre : une impression de chaleur qui émane des racines collées sur ses tempes. La sensation se propage lentement dans tout son corps pour apaiser le garçon. L'arbre réagit à ses émotions. Il communique avec Jean mais dans un langage différent où les mots n'existent pas. Des images floues d'une histoire millénaire défilent à toute vitesse dans sa tête. Puis, le message transmis, la présence de l'arbre s'estompe. Une noirceur épaisse et angoissante la remplace. Tout à coup, une faiblesse extrême s'empare de Jean comme si toute son énergie vitale était absorbée par l'arbre. Puis le contraire se produit, une force déferle à l'intérieur de son corps avec la puissance d'une décharge électrique. Jean sent le sol qui se dérobe sous lui. Il tombe.

La sensation de chute se prolonge pendant ce qui lui semble une éternité. Brusquement, il reprend contact avec la réalité. Un choc terrible, mais il est encore en vie. Sonné, Jean retrouve graduellement l'usage de ses yeux et finit par reconnaître le visage de Calv.

— Qu'est-ce qui t'est arrivé ? lui demande le lézard avec inquiétude. Où es-tu allé ?

— Où je suis allé ? Qu'est-ce que tu veux dire ?

Jean se rend compte alors qu'il est étendu sur le dos, dans l'estomac du champicalv. Péniblement, il se relève avec l'aide de Calv. Son corps lui fait mal de partout. Son poing droit en particulier, qu'il n'arrive pas à ouvrir. Après un long effort de volonté, il réussit à déplier ses doigts. Couché, au creux de sa paume, il découvre un petit champignon noir. Tout de suite, Calv s'en empare et l'examine

— Tout ceci est très étrange, dit le lézard. Ça ressemble à un arbre noir adulte, mais en réduction. Tu vois, ce renflement à la base, il s'agit de la poche stomacale. C'est dur, sinon ton poing l'aurait réduit en bouillie. C'est lourd, pesant comme du plomb. Où as-tu déniché ça?

— Dénicher? Je ne comprends pas.

— Tu es parti, mon vieux. Pendant quelques minutes, ton corps s'est volatilisé. Imagine ma peur. J'ai cru que l'arbre t'avait désintégré. Puis tu reviens et tu t'écroules par terre. J'ai pensé: «Il est mort!» Je me suis précipité pour écouter ton cœur. Il battait. Quel soulagement! Tu t'en es bien tiré, finalement.

— Oui, mais ça suffit pour moi, aujourd'hui. Je crois que nous devrions partir avant le retour des propriétaires. Mais avant, je vais mettre notre trésor en lieu sûr.

Jean fouille dans son sac, en sort une éprouvette et y glisse le champignon.

— Bon, dit-il, fichons le camp.

Après avoir retrouvé l'ouverture et effectué quelques pénibles contorsions, Jean et Calv réussissent à se hisser dans le premier estomac.

— Bien, et maintenant comment on sort? demande nerveusement Calv. La pensée de se retrouver face à face avec les maîtres des lieux a profondément énervé le lézard.

En colère, Jean répond :

— Je pensais que tu le savais.

— Je sais entrer, réplique sèchement le lézard. Je ne sais pas comment sortir.

Jean s'exclame :

— Mais c'est toi, le grand spécialiste du champicalv! Le génie qui sait tout sur les plantes !

— Oui, mais le grand explorateur, le monsieur suivez-moi-je-n'ai-peur-de-rien, c'est toi! Tu vas me sortir d'ici sinon...

— Sinon quoi?

— Sinon je botte ton derrière de mammifère jaloux!

— Ah oui... c'est moi qui vais botter ton derrière de reptile condescendant.

— Pauvre débile!

— Tête enflée!

Les deux se jettent l'un sur l'autre et commencent à se bagarrer. Le combat les fait basculer sur le sol où ils roulent de longues minutes en s'agrippant furieusement. Le combat fait rage lorsque l'estomac se met à bouger, à émettre des mouvements semblables à ceux d'une vague. Jean et Calv relâchent leur étreinte. Calv s'écrie :

— Il va nous bouffer!

Comme pour lui donner raison, un liquide poisseux commence à suinter de la paroi stomacale et à coller sur leur corps. Les mouvements sont de plus en plus violents, les projetant dans toutes les directions. Au milieu de ce chaos, Jean est conscient que l'espace autour de lui se contracte. Bientôt, il est incapable de bouger, l'air lui manque. Tout à coup il se sent projeté vers le haut!

Jean atterrit brutalement dehors. Il veut bouger, mais le liquide poisseux a séché et durci au contact de l'air. En bandant ses muscles, il réussit à briser l'enveloppe grise qui le retient prisonnier.

— Elle nous a vomis, murmure Jean d'une voix exténuée.

Le garçon cherche du regard son compagnon. Il l'aperçoit un peu plus loin, étendu sur la pelouse, immobile.

— Calv, ça va? demande Jean.
— Bien sûr, réplique le lézard. Et toi?
— Tout va bien.
— Jean, je réfléchissais.
— Ah oui? Et à quoi?

Calv prend son temps pour répondre.

— Curieux... je n'arrive pas à me rappeler.

Et les deux d'éclater de rire.

Jean est surpris. C'est la première fois depuis son arrivée sur Tiäne qu'il entend un lézard rire.

— Calv?
— Oui.

— Je me demandais... Il me semble que les lézards ne... (Jean met un doigt dans sa bouche) pas souvent.

— Tu as tout à fait raison. Je faisais semblant.

— Tu faisais semblant? Je ne comprends pas.

— Je le faisais par politesse, c'est tout.

— Par politesse?

— J'ai jugé bon de t'accompagner dans ton bruit et tes gestes saccadés mais, je te jure, le cœur n'y était pas.

— Ah bon.

— Nous avons d'autres moyens pour exprimer une joie subite. Bien que cela ne nous arrive pas très souvent.

— Comme?

— Dévorer un doigt. De préférence, celui qui repousse le plus vite. Mais c'est plutôt rare. Dans mon cas, quand je suis vraiment heureux, c'est-à-dire poussé par une onde de joie irrésistible, il faut que... Je suis un peu gêné...

— Mais non, dis-le. On est copains maintenant.

— Je crache.

— Moi aussi ça m'arrive de cracher. Il n'y a rien de mal là-dedans. Bien entendu, il faut éviter de...

— Tu ne comprends pas, interrompt Calv. Ce n'est pas de la bave, *ta* bave, qui sort. C'est beaucoup plus gluant. Et en quantité énorme.

J'imagine que dans un lointain passé, cela devait servir à accrocher quelque proie volante au passage.

— Eh bien. J'espère ne pas être placé directement en face de toi quand tu seras saisi «d'une onde de joie irrésistible».

Calv éclate d'un rire énorme et long. Quand il a terminé, il demande:

— C'est comme ça? Mon imitation est bonne? Personnellement, je la trouve excellente.

Un brin excédé, Jean réplique:

— Oui, elle est excellente. Je t'invite chez moi. J'ai faim, et toi?

Pour toute réponse, Calv éclate de rire. Jean se lève, aide son ami à en faire autant et ils se mettent en marche vers la maison, un ricanant, l'autre regardant ailleurs.

* * *

Lorsque Jean ouvre la porte de la cuisine, une odeur agréable, un brin épicée, monte à ses narines. Il ne la reconnaît pas tout de suite. C'est quelque chose qu'il a senti dernièrement, mais quoi? Sur la cuisinière, il aperçoit une casserole d'où monte une vapeur d'une couleur étrange. Sa mère devrait se trouver au travail. Peut-être est-elle revenue?

L'odeur revient agacer Jean. Il se concentre. Ça y est! Jean a trouvé: le lavage de cerveau. La mixture que préparaient les deux inconnus dégageait le même fumet. Le garçon jette un coup d'œil par terre et aperçoit tout de suite des empreintes de pas noires et gluantes.

— Ils sont ici! s'écrie Jean.

— Qui?

— Nos visiteurs.

— Comment peux-tu le savoir?

— Tu vois ces traces sur le sol? Elles sont identiques à celles qui se trouvaient dans le sous-sol après leur passage la nuit dernière. Ensuite: la mixture qui cuit sur notre cuisinière. J'ai perçu la même odeur lors du lavage de cerveau.

— Ah bon. Qu'est-ce qu'on fait?

— Il faut les trouver. Je suis sûr qu'ils ne sont pas loin. Notre arrivée a dû les faire fuir.

— Ton cerveau va trop vite pour moi, mais je te suis.

— Commençons par la cave. Quelque chose me dit qu'ils doivent s'y trouver.

Une fois dans la cave, Jean et Calv fouillent partout, mais ils ne découvrent personne.

De retour dans la cuisine, Calv se plaint:

— J'ai mal à la tête. L'intérieur de ta maison dégage trop d'odeurs inconnues pour moi. Je n'arrive plus à identifier quoi que ce soit. C'est dommage parce que, normalement, mon odorat nous aurait conduits tout droit aux visiteurs.

— Aucune importance. Ils ne sont pas dans l'arbre noir. Il faut qu'ils soient quelque part. Ça me surprendrait énormément qu'ils aient pris la décision d'aller se balader dans les environs en plein jour. Il faut continuer à fouiller le reste de la maison. Viens.

Jean entraîne Calv vers le salon.

Là, c'est le choc. La pièce a été mise à sac. Les visiteurs cherchaient quelque chose. Ou bien une bagarre a éclaté.

Plus Jean évalue l'ampleur des dégâts, plus la colère monte en lui. Tout à coup, Jean fige. Il vient d'apercevoir une tache rouge sur le tapis. Il s'approche et touche.

Calv demande :

— C'est quoi?

— Du sang, répond-il la gorge serrée.

Son œil est attiré par un autre objet sur le sol. Il s'agit d'un collier appartenant à sa mère. Elle le portait ce matin en partant travailler. Il le ramasse et remarque que l'attache est brisée. Jean s'interroge. Serait-il possible qu'elle soit revenue? Et si elle avait surpris les visiteurs? Une bagarre aurait éclaté et...

— Non, c'est impossible, murmure Jean. Ils ne l'auraient pas...

Brutalement, pendant quelques secondes, tout se met à trembler dans la maison comme sous l'effet d'une secousse sismique.

— Vite! lance Jean à Calv, au jardin.

Dehors, ils comprennent qu'ils sont arrivés trop tard. L'arbre noir a disparu.

11

À la poursuite des visiteurs

Jean s'est informé au bureau où travaille sa mère. On lui dit qu'elle a quitté tôt à la suite d'un malaise. Maintenant tout concorde : Catherine rentre à la maison. Les visiteurs sont dans la cuisine, affairés à préparer leur mixture. Elle entre dans la pièce et les aperçoit. Sa mère veut fuir, mais ils sont trop rapides. Ils la rattrapent dans le salon et la bagarre éclate. Ils la blessent. C'est la panique, car ils savent le départ imminent. Alors les visiteurs décident de l'emmener.

Pendant que Calv et lui fouillaient la cave, ils filaient à l'intérieur de l'arbre noir. Un fait concorde avec cette théorie : la mixture a disparu de la cuisinière.

Calv est sceptique.

— Pourquoi s'embarrasser d'un passager ? demande-t-il. Ils auraient pu aussi bien la tuer. Ç'aurait été beaucoup plus simple.

Jean réagit violemment à cet argument.

— Parce que ce ne sont pas des assassins, c'est tout ! Je suis sûr qu'elle est vivante.

— C'est vrai que nous n'avons découvert aucun cadavre. Ils n'ont sûrement pas eu le temps de l'enterrer dans le jardin.

La logique de Calv le fait frémir.

— Je vais prévenir mon père, dit le garçon. Il est loin, mais je pense que c'est à lui de contacter les autorités. Moi, personne ne me prendra au sérieux. Quelle histoire! Je me demande même si lui va me croire.

— Jean, si ta mère est vraiment partie avec l'arbre noir, je ne vois pas l'intérêt d'alerter qui que ce soit. À l'heure qu'il est, elle pourrait se trouver de l'autre côté de la galaxie.

— Je le sais très bien. C'est fini. On ne la reverra jamais plus.

— Mais non. Crois-moi : il n'existe qu'une seule solution. Il faut partir à leur poursuite.

— Mais comment?

— Le champignon dans l'éprouvette. Peu importe qui l'a placé dans ta main, il devait avoir une excellente raison. De toute façon, je pense être capable de provoquer chez lui une croissance accélérée et l'amener à maturité en moins de vingt-quatre heures. Un seul problème demeure: Où faut-il aller? Notre trottinette doit-elle tourner à gauche ou à droite?

— Écoute, une chose à la fois. Si tu réussis, nous passerons à l'étape suivante.

— D'accord. Dans ce cas, reste ici et repose-toi. Je pense que tu en as besoin après ta séance de disparition dans l'arbre noir. Rejoins-moi à l'école demain matin à sept heures, avant l'arrivée des autres élèves.

— D'accord.

* * *

Après une nuit des plus mauvaises, le jour se lève enfin et Jean s'empresse de rejoindre Calv à son atelier. Le lézard ne s'y trouve pas. Par contre, il a laissé une note sur son établi: «Suis dehors dans mon jardin.» Jean connaît l'endroit. Pas tellement loin de l'école, sur un terrain vacant, Calv s'est aménagé un petit potager.

Alors qu'il approche du jardin, Jean entend des cris de douleur. Il presse le pas et découvre Calv à genoux se lamentant à fendre l'âme.

— Ki bu godi! Ki cra, ki sé! (Je suis un idiot! Un bon à rien, un incapable!)

— Calv, qu'est-ce qui se passe? demande Jean en français.

Le lézard tourne sa tête vers Jean et, sur un ton accablé, déclare:

— Ça ne fonctionne pas. Elle ne veut pas grandir. J'ai tout essayé! J'ai puisé au plus profond de mon savoir. Des techniques garanties, de quoi faire fleurir une roche dans le désert.

— Je peux la voir?

— Dépêche-toi. Je sens que je vais bientôt l'écraser à coups de marteau.

Jean se met à genoux à côté de Calv. Le champignon repose sur un petit monticule de

109

terre noire. Jean le prend délicatement entre ses doigts et le dépose au creux de sa main.

Sans savoir pourquoi, il ferme son poing et serre fermement le champignon. Quelque chose d'étrange se produit, Jean sent une vague de chaleur envahir son bras et se concentrer au niveau de sa main. Après une dizaine de secondes, il ouvre son poing. Le champignon brille d'un rouge luisant.

Le temps que Jean la dépose sur le monticule, la plante a déjà doublé de volume.

— Dégageons, dit-il à Calv. Elle va avoir besoin d'espace.

À une vitesse accélérée, la plante grandit tout en produisant une chaleur et une lumière intenses. Le sol tremble, signe que la plante installe sous terre son estomac. Au bout de seulement quelques minutes, tout est terminé : un énorme champignon noir se dresse devant eux.

Interloqué, Calv demande :

— Peux-tu m'expliquer comment tu as fait?

— Je savais les gestes à accomplir, c'est tout. J'imagine que, lors du contact mental avec l'arbre noir, des informations ont dû être implantées dans mon cerveau.

Avec le plus grand sérieux, Calv lance :

— Dans ce cas, je te demande la faveur de disséquer ton cerveau. En cas de décès évidemment.

Jean ne s'offusque pas de la demande. Il commence à connaître les lézards.

— Calv, dit-il, tu feras ce que tu veux avec. Pas de problème.

— Merci. Bon, je cours préparer mon produit neutralisant et nous pourrons pénétrer à l'intérieur de l'estomac.

— Ce ne sera pas nécessaire. Suis-moi.

Le lézard accompagne Jean à proximité de l'arbre noir. À la base du tronc, le Terrien lui montre un trou assez large pour livrer passage à un individu.

— Regarde à l'intérieur maintenant, dit Jean.

Calv se penche sur l'ouverture, y introduit sa tête.

Il se relève et dit à Jean:

— Il n'y a pas de crochets. C'est comme le deuxième estomac avec de la mousse phosphorescente. Ce n'est pas grand, mais il y a assez de place pour trois personnes.

Jean explique:

— Ce n'est pas un arbre complet. D'après l'information implantée dans ma tête, c'est à cause de la croissance accélérée. Je sais autre chose: il ne vivra pas longtemps. L'équivalent de deux couchers de soleil sur Tiäne. Il faut donc se dépêcher.

— Dans ce cas, réplique Calv, la trottinette est à toi. J'espère que tu connais le mode d'emploi.

— N'aie aucune crainte. Ça aussi, ils l'ont inscrit dans ma cervelle.

12

Sous terre

Jean place les racines sur ses tempes et fait le vide dans son esprit. Il se concentre sur un paysage, celui aperçu lors du lavage de cerveau : un grand champ gazonné et une chaîne de montagnes. C'est la chute ! L'arbre les emporte. Jean s'attendait un peu à cette impression de plonger dans le vide, mais pas Calv. Le pauvre se tient l'estomac, en proie à un malaise grandissant.

— Je sens que je vais être malade.

— Tiens bon. Ce n'est pas l'endroit pour vomir.

— Facile à dire.

Au bout de quelques minutes, la sensation semble s'estomper.

— Il ralentit, je crois, dit Jean.

— Tant mieux parce que je ne tiendrai pas encore longtemps.

Tout se met à vibrer à l'intérieur de l'estomac, puis il y a un grand choc qui projette les deux amis sur les parois. Au bout de quelques secondes, ils ont repris leurs esprits et Jean murmure faiblement:

— Je pense que nous sommes arrivés.

— Vite! Laisse-moi sortir.

Calv se précipite par l'ouverture. Jean le suit. Le lézard s'éloigne pour vomir pendant que Jean examine les alentours. Pas de doute, c'est le bon endroit: la même chaîne de montagnes, le champicalv géant et la cage d'ascenseur. Calv a rejoint son ami.

— Ça va mieux? interroge Jean

— Oui. Quand je pense qu'il va falloir revenir.

— Je crois qu'il faut prendre cet ascenseur.

— Oh non! J'espère qu'il descend lentement.

Les portes sont ouvertes. Une petite lumière bleue éclaire faiblement l'intérieur. Les deux amis entrent. L'espace est exigu, une boîte aux murs lisses, dépourvue d'un panneau de contrôle ou d'indications dans une langue quelconque. Les portes se referment automatiquement et c'est encore la chute!

Calv se lamente:

— Je le savais! Je vais encore être malade.

Jean tente de faire la conversation pour détourner l'attention du lézard de son malaise

— Ils doivent être très loin sous la terre. C'est normal que l'ascenseur soit rapide. Une fois, sur Terre, j'ai visité un édifice qui devait bien compter trois cents éta...

Calv se fâche:

— Silence! Je souffre.

L'ascenseur s'immobilise en douceur, les portes s'ouvrent. Par prudence, Jean décide de jeter un coup d'œil dehors avant de s'engager en territoire ennemi. Il a à peine sorti sa tête de l'ascenseur qu'il la rentre aussitôt.

Paniqué, il dit à Calv:

— Il y a du monde.

— Combien?

— Deux types. Peut-être les mêmes qui ont enlevé Catherine.

La nouvelle semble avoir galvanisé Calv qui, tout à coup, semble complètement remis de ses malaises. Il donne un coup de poing dans sa main, geste qui dans toutes les langues annonce le combat. Sur un ton agressif, il lance:

— Les bandits! Je vais leur montrer de quoi les lézards verts sont capables quand on les attaque.

— Jusqu'ici, personne ne nous a attaqués.

— Ça ne va pas tarder. Tu peux en être sûr.

— Calme-toi. Commençons par le dialogue. Après on verra.

Ils sortent. Ils sont dans un long corridor aux murs blancs. Les deux hommes en combinaison noire n'ont pas réagi. Chaque camp, immobile, évalue son vis-à-vis en silence. Jean remarque tout de suite leur taille, dans les deux mètres, et leur carrure athlétique. Dans le cas d'un affrontement physique, lui et Calv ne font pas le poids. Et comme ils n'ont pas songé à se munir d'armes...

Jean entend alors un sifflement étrange et aigu, extrêmement irritant. Il se tourne vers Calv pour l'interroger sur le phénomène. Avec surprise, il constate que de grosses épines vertes et pointues ont poussé sur le crâne de son compagnon! C'est lui qui siffle d'une manière menaçante. Jean se rappelle: les lézards verts réagissent ainsi lorsque confrontés à un danger.

Jean lui souffle:

— Tu ne peux pas te calmer?

— Impossible!

— Reste ici. Je vais leur parler.

— Les bandits! Les assassins! vocifère Calv.

— Tiens-toi près de la porte d'ascenseur. S'il se produit quelque chose de louche, tu sautes à l'intérieur et tu retournes sur Tiäne. Compris?

— Compris, répond le lézard qui semble reprendre le contrôle de ses nerfs.

Jean avance en direction des hommes. Un des deux l'imite et va à la rencontre du garçon. Quand ils sont assez près pour engager la conversation, ils s'immobilisent. L'homme débute:

— Tu es Jean, le fils de Catherine. Je suis très surpris de te voir ici. Comment as-tu fait?

Il s'est exprimé en français. Jean lui dit:

— Je constate que tu parles ma langue avec facilité.

— L'apprentissage linguistique, c'est une merveilleuse invention. Une figure géométrique suivie de quelques chiffres, et le tour est joué. Mais tu n'as pas répondu à ma question.

Jean ne veut pas dévoiler tout de suite ses liens privilégiés avec l'arbre noir. Il opte donc pour le mensonge :

— Celui qui m'accompagne est un génie de la botanique. Il a fabriqué un arbre noir et nous sommes partis à votre poursuite. Maintenant je veux savoir ce que vous avez fait de ma mère.

— Elle va bien. Si tu veux la voir, tu devras nous suivre.

Jean fait signe à Calv de venir le rejoindre. Les hommes en noir les entraînent vers une porte située à l'une des extrémités du couloir. De là, ils pénètrent dans une salle immense où se tient une foule imposante. La peur s'empare de Jean, jusqu'à ce qu'il remarque que ces gens ne bougent pas. Il comprend qu'il a affaire à des mannequins. Il aurait dû y penser. Quoi de plus bruyant qu'une foule ? Ici règne un silence de mort. Les mannequins portent des costumes tous différents. Il y a des humains ainsi que d'autres espèces qu'il n'a jamais vues de sa vie. Il voudrait poser des questions au sujet de cet endroit bizarre, mais Jean sent que ce n'est pas le moment d'importuner leurs guides.

La salle traversée, ils aboutissent à un autre corridor bordé de portes portant chacune des symboles de prime abord incompréhensibles.

Un des hommes en noir fait signe à Jean et à Calv de s'arrêter. Dans sa main, il tient une carte magnétique. Il l'applique sur une des portes qui coulisse aussitôt. On les invite à entrer. Les deux amis obéissent. À peine à l'intérieur, ils entendent le bruit de la porte qui se referme. Les voilà prisonniers.

13

Prisonniers

Au début, Jean et son ami ont hurlé, cogné contre la porte. Personne n'a répondu à leur vacarme. Assis par terre, ils examinent l'endroit. Leur cellule est un lieu austère, sans fenêtre ni meuble, ni facilités hygiéniques. Ce qui a valu ce commentaire ironique de Calv:

— Peut-être que ces gens n'ont aucun besoin corporel. Eh bien, ils vont faire connaissance avec le système digestif du lézard vert: cinq bons kilos de fiente par jour, bien onctueux et bien odorants. J'espère, Jean, que tu vas contribuer à mon effort de guerre.

Jean hoche la tête distraitement: il n'arrive pas à détacher ses pensées de sa mère, imaginant le pire. Sa seule consolation réside dans le fait que les hommes en noir n'aient pas cherché à se débarrasser d'eux dès leur apparition. Il n'a pas vu d'armes. Ils doivent donc se douter que lui et Calv ne représentent pas une grosse menace. Et ce lieu, il ne s'agit pas d'une cellule de prison. Le dépouillement de la pièce en fait tout au plus un endroit de transit.

Au bout d'une demi-heure, la porte s'ouvre pour laisser entrer Catherine, et se referme aussitôt. Jean se précipite dans les bras de sa mère. Il remarque qu'elle a un pansement au front.

— Ils ne t'ont pas fait trop de mal, j'espère? demande Jean avec inquiétude.

— Mais non. J'ai été très malade, mais ils m'ont soignée.

— Maman, je te présente Calv, un ami.

— Enchantée de te connaître, Calv.

— Moi aussi, répond le lézard.

Jean demande:

— Ils t'ont kidnappée parce que tu les avais surpris, c'est ça?

— En réalité, c'est un peu plus compliqué que ça. J'ai eu un malaise au travail. Rien de grave. Probablement le stress des derniers mois. Je suis revenue à la maison et j'ai vu cette soupe qui mijotait sur la cuisinière. J'ai tout de suite pensé qu'il s'agissait d'une autre de tes expériences culinaires. J'avais très faim...

— Ce n'était pas une soupe! coupe Jean. C'était le produit qu'ils utilisent pour pénétrer dans l'arbre noir.

— Je le sais maintenant. Mais, sur le coup, ça dégageait un fumet appétissant. J'ai goûté. Bon, ce n'était pas mauvais du tout. Ça manquait seulement de sel et de poivre. J'en ai ajouté et je m'en suis servi un grand bol.

— Incroyable! s'exclame Calv.

— J'ai fini mon bol. Mais en cherchant à me lever de ma chaise, tout a commencé à déraper. Ma tête s'est mise à tourner. Ma vision était brouillée. J'ai voulu aller dans le salon pour m'allonger sur le divan. En y entrant, j'ai vu ces deux gaillards en noir qui se sont aussitôt jetés sur moi. Je me rappelle m'être débattue. À un certain moment, je suis tombée et ma tête a heurté un meuble. Après, c'est plus confus. J'imagine que j'ai dû perdre connaissance. Je sais seulement que je me suis réveillée étendue sur un lit.

— Qu'est-ce qu'ils t'ont dit à ce moment-là? questionne Jean.

— Que j'étais sur une autre planète et que je l'avais échappé belle. Le produit que j'avais ingurgité était hautement toxique. J'aurais pu devenir aussi bien aveugle que paralysée pour la vie.

— Maintenant tu vas mieux?

— Oui, oui. Je me sens un peu faible, c'est tout. Ils m'ont affirmé que je ne porterais pas de séquelles de l'incident. La seule chose, c'est que...

Catherine hésite à terminer sa phrase. Inquiet, Jean demande:

— Quoi?

— Ils refusent de nous laisser partir. Nous allons rester prisonniers ici pour toujours.

— Ils n'ont pas le droit! lance Calv avec colère.

— C'est ce que je leur ai dit! Qu'est-ce que vous pensez? continue Catherine. Ils ont peur des représailles.

— Il n'y aura pas de représailles, dit Jean. Ils n'ont qu'à nous ramener sur Tiäne. Qui va croire une histoire de race inconnue kidnappant les gens à bord de champignons géants?

— Ce n'est pas de ça que je parle. Ces gens-là sont des voleurs. Tout ce qu'ils possèdent, ils l'ont dérobé ailleurs. C'est leur manière de vivre. Personne ne doit soupçonner leur existence.

Calv intervient:

— S'ils veulent tellement passer inaperçus, je me demande alors pourquoi ils ont choisi d'apparaître à deux pas d'une maison habitée. Ce n'est pas très sérieux comme argument.

— C'est un accident, dit Jean. Ils ont dévié de leur trajectoire. Je vais tout vous expliquer.

Jean raconte en détail la nuit du togard et le rôle que Xède y a joué.

Catherine est furieuse:

— Tu aurais dû m'en parler. On n'a pas l'habitude de se cacher des choses, nous.

— Je sais. Mais je trouve que tu as changé.

— Changé? Comment changé?

— C'est difficile à expliquer. Je trouve que tu ressembles de plus en plus à un lézard.

— C'est très bien de ressembler à un lézard, réplique sèchement sa mère.

Calv ajoute:

— Je suis tout à fait d'accord avec elle.

— Écoutez, dit Jean mal à l'aise. Je ne suis pas un lézard et je n'en serai jamais un. Je veux qu'on m'accepte comme je suis, c'est tout.

— Jean, nous avons eu cette discussion des centaines de fois. Pour être accepté par des gens, il faut justement faire l'effort de vivre comme eux, parler leur langue, manger ce qu'ils mangent, s'intéresser aux choses qui les intéressent. C'est aussi simple que ça.

— Je le sais très bien, mais pourquoi se transformer? Pourquoi porter un masque?

Catherine s'emporte:

— Un masque? Où vas-tu chercher des idioties pareilles?

Jean sent qu'il vient de marquer un point. Il dit:

— Ne me fais pas croire que tu adores ça, manger des abeilles grillées au petit déjeuner ou porter un chapeau monstrueux.

Les yeux furibonds, Catherine hurle:

— Il a coûté très cher, mon chapeau mons- trueux!

Calv intervient:

— Écoutez, ce n'est pas le moment de se disputer. Il faut plutôt trouver un moyen de s'enfuir d'ici.

— Très bien, dit Catherine sur un ton sec, nous reprendrons cette discussion une autre fois. Pour l'instant, il faut que je vous informe de certaines choses. C'est à leur demande. Ils vont nous injecter une puce électronique sous la peau. Avec ça, ils pourront nous suivre à la trace. Le signal émis par la puce est programmé pour bloquer la marche de tout ascenseur se dirigeant vers la surface. Par contre, ils nous fournissent le gîte et nous laissent libres de nos déplacements. Nous aurons même droit à notre part du butin.

Calv et Jean se lancent un regard interloqué.

— Un butin? Quel butin? demande Jean.

Sur cette question, la porte s'ouvre à nouveau.

14

Le repas

Les deux comparses en combinaison noire sont de retour. Ils se placent de chaque côté de la porte, au garde-à-vous. Puis, d'un pas lent et solennel, un troisième individu fait son entrée. Jean est tout de suite frappé par la couleur foncée de sa peau, ses cheveux longs et sa barbe imposante. Serait-il d'une race différente de ses acolytes? En guise de vêtement, il porte une ample robe noire qui semble dissimuler un corps petit et grassouillet. L'homme jette un regard autoritaire et méprisant sur le groupe. De toute évidence, ils se trouvent en présence du maître des lieux.

Quelque chose attire l'attention du garçon: c'est l'objet que l'individu tient à la main: un injecteur de puces. La forme de l'appareil rappelle celle d'un pistolet. L'école en possède un identique.

Le barbu parle en français:

— Mon nom est Bolte, je suis le chef de ce modeste village. Je vous souhaite...

Tout à coup, une masse gluante atterrit avec un sploush liquide sur le visage de Bolte, interrompant son discours. Calv s'excuse :

— Pardon, c'était plus fort que moi. Il fallait que je rie. Je n'ai jamais rien vu d'aussi ridicule. J'en avais entendu parler, mais c'est la première fois que j'en vois une d'aussi près. Ce collier de poils, c'est une barbe, n'est-ce pas? Sur Tiäne, on se sert de quelque chose d'assez semblable pour nettoyer les cabinets de toilette. Franchement!

Le barbu est très en colère. Un des hommes s'est empressé de trouver un bout de tissu pour nettoyer le visage de son chef. D'un geste autoritaire, le barbu pointe du doigt en direction de Calv. À la grande surprise de Jean, le lézard réagit très calmement et tend docilement le bras gauche. Les deux gaillards le tiennent fermement par les épaules tandis que Bolte pose la pointe de l'injecteur sur l'avant-bras du lézard. Lorsque la détente est enfoncée, un léger sifflement se fait entendre. C'est au tour à Jean puis à Catherine de subir le même traitement.

Le barbu reprend la parole :

— Comme je disais tout à l'heure : mon nom est Bolte et je suis le chef de ce village. Le village s'appelle Fime et vous êtes sur la planète Bridaine. Je crois que Catherine vous a expliqué le but de l'opération. Rappelez-vous surtout ceci : le seul moyen d'atteindre la surface, c'est d'utiliser les ascenseurs. Le signal émis par la puce vous interdit cette direction. Donc chassez de votre tête tout projet d'évasion. Vous ne pouvez extraire la puce d'aucune manière, même avec un scalpel. Il faut un appareil spécial pour ça. Nous ne vous voulons aucun mal. Avec le temps, vous allez apprendre à nous connaître. Ce sera la même chose pour nous. Restez tranquilles dans votre coin et tout se passera bien.

— Sinon? demande Jean agressivement.

— Sinon, il existe d'autres sortes de puces capables de déclencher à distance des douleurs, je dirais, plutôt intenses. Si tu veux, jeune homme, je peux t'en installer une tout de suite.

Jean répond par un signe de tête négatif mais, intérieurement, il se promet de ne pas moisir longtemps sur Fime.

— Votre logement est situé dans la section nord du village. Je vais vous conduire à votre nouvelle résidence.

Une fois hors de la pièce, le groupe emprunte un long corridor qui finit par les conduire à une grande salle vide. Les murs de l'endroit sont richement ornés de scènes où des silhouettes noires sortent du sol pour se fondre à d'étranges paysages. Au milieu de la salle on a peint sur le sol une étoile à quatre branches. Bolte fait signe au groupe de s'y arrêter.

— L'étoile sous nos pieds, dit-il, marque le centre physique et spirituel du village. Ici tout est révélé, tout est partagé. Nous prenons aux étoiles mais nous rendons aussi. Il y a très longtemps, le Noir habitait notre vie. Il était froid. Il était hostile. Il nous dévorait parfois lentement, parfois brusquement. Un jour, quelqu'un a parlé au Noir et le Noir a répondu. Il est devenu notre allié. Grâce à lui nous voyageons partout. Nous voyons partout. Nous n'avons plus besoin de lumière. Le Noir est abondance. Vous verrez, sa générosité est infinie. Quand le moment du partage sera venu, on vous avertira. Dépêchez-vous de vous rendre ici, car il n'y a qu'une seule règle du partage : premier arrivé, premier servi. Mais n'ayez crainte, jamais personne ne repart les mains vides, au contraire.

Leur marche reprend en direction d'un large passage situé à l'autre extrémité de la salle. De l'autre côté, le groupe aboutit à un grand hall où semblent converger plusieurs corridors.

— Le village de Fime, commente Bolte. Plus bas, se trouvent deux autres étages. Ils servent uniquement aux loisirs ou au travail. Nous vous les ferons visiter éventuellement. Votre corridor est le premier à gauche. Votre logement, le dernier au bout. Facile à se rappeler, n'est-ce pas? Nous sommes environ une centaine d'habitants. Je vous conseille de parler à vos voisins et de vous intégrer le plus rapidement possible.

Ils empruntent le corridor indiqué par Bolte, bordé de nombreuses portes. Tout est silencieux et pourtant des gens doivent vivre derrière ces murs. Un lourd secret semble flotter dans l'air. Jean est persuadé que des oreilles guettent leur déplacement.

Ils ont atteint la fin du corridor. Bolte s'arrête devant la dernière porte et, à l'aide d'une carte magnétique, il l'ouvre.

— Voilà, vous êtes chez vous. Vous trouverez à l'intérieur un écran liquide qui sert autant pour les communications locales que pour identifier les gens qui se présentent à votre porte. L'appartement est aussi équipé d'un ordinateur domestique programmé pour comprendre vos langues. Vous lui laisserez vos empreintes vocales et vous n'aurez plus besoin de la carte magnétique pour pénétrer dans votre appartement.

L'homme et ses deux acolytes s'éloignent après avoir remis à Catherine la carte magnétique.

Jean entre le premier. L'appartement est vaste, avec au centre un petit bloc énergétique diffusant lumière et chaleur, le genre de truc que l'on traîne en camping sur la Terre. Par contre, le reste du mobilier est plus impressionnant: une magnifique table en bois avec quatre chaises richement travaillées, un vaste sofa recouvert d'un tissu aux couleurs changeantes selon le point de vue et un grand lit avec baldaquin. «Une partie du butin», pense Jean. Une petite porte au fond semble indiquer la présence d'appareils sanitaires.

C'est Calv qui court s'en assurer. Pendant ce temps, Catherine et Jean vont prendre chacun une chaise. Pour briser un silence qui commence à devenir pesant, Jean dit:

— Je m'excuse pour tout à l'heure. Je me suis mal exprimé.

Catherine boude. Au lieu d'engager la conversation, elle regarde ailleurs. Calv sort des toilettes et s'exclame:

— Mais, qu'est-ce que vous avez, vous deux? Arrêtez de vous faire la gueule! Il faudrait plutôt s'occuper de..

Le son d'un communicateur se fait entendre et un écran placé sur un des murs s'allume. Le visage de Bolte apparaît.

— Je tenais à vous avertir personnellement, un chargement vient d'arriver. C'est l'heure du partage. Rendez-vous à la salle de l'étoile.

L'écran s'éteint. Un bruit de course retentit dans le couloir.

— Vite, vers la salle! lance Jean.

Dans le corridor, c'est la bousculade. Les portes se sont ouvertes et des gens vêtus de noirs sortent en courant. Des hommes, des femmes, des enfants et des vieillards qui avancent chacun à leur vitesse sans toutefois proférer le moindre son. Jean accélère la course, laissant Calv et Catherine loin derrière lui. Aussi il est parmi les premiers à pénétrer dans la salle.

Au centre de la salle, où se trouve l'étoile à quatre branches, une fabuleuse montagne de nourriture est entassée. Déjà les Fimiens ont commencé à remplir leurs bras de victuailles. Jean les imite, saisissant tout ce qu'il peut au passage : viande, pain, boîte de conserve, aliments en sachet. Des disputes éclatent autour de produits qui semblent plus appréciés que d'autres. Mais jamais au point de sombrer dans la violence. Tout se déroule très rapidement. Dès qu'un individu est satisfait de sa part, il s'empresse de quitter la salle avec son butin. Bientôt, Jean, Calv et Catherine se retrouvent dans une salle vide, les bras chargés de nourriture. Ils se regardent et éclatent de rire. Jean et Catherine rigolent réellement. Calv, lui, se livre à son imitation du rire terrien qui, cette fois, n'a rien de géniale. Elle rappelle plutôt le chant d'un coq qu'on est en train d'égorger. Dépité, le lézard laisse tomber :

— Raté ! Vraiment raté. Jean, tu dois m'entraîner. J'y tiens absolument.

— Aucun problème, dit Jean avec bonne humeur. Toi, tu me montreras comment dévorer mon doigt et le faire repousser après.

— Désolée de vous interrompre, les amis, intervient Catherine qui semble de meilleure humeur, mais j'ai faim. Je n'ai rien mangé depuis la fameuse soupe.

Les trois s'empressent de retourner à leur chambre. Là, les victuailles sont déposées sur la table et examinées. D'après les étiquettes, certains aliments ont été chipés aussi bien sur Terre que sur Tiäne. D'autres, d'aspect plus rébarbatif, proviennent d'endroits tout à fait inconnus pour le trio. La nourriture vraiment bizarre est mise de côté par crainte des effets imprévisibles qu'elle pourrait provoquer. Le reste est déballé et préparé pour la bouffe. Il y a de tout : du simple peperoni en tranches dans une enveloppe scellée en plastique, au foie gras et aux fromages fins. Calv se délecte d'avance quand il découvre une boîte de larves de lucioles, sa gâterie préférée. Dans les appartements à côté, le même cérémonial doit se dérouler. Pour Jean, c'est une impression étrange de savoir tous ces gens occupés à la même chose.

— C'est vraiment une race de voleurs.

— Oui, approuve Calv. Même la nourriture, il faut qu'il la vole. Sidérant !

— Ça signifie surtout, dit Catherine, qu'ils sont complètement dépendants du monde extérieur. Comment une société a-t-elle pu évoluer de cette manière ? Ça n'a aucun sens.

— Pourquoi aucun sens ? demande Jean. D'accord, voler, c'est mal. Mais ils ont tout ce qu'ils veulent et pour rien. Tiens, goûte-moi cette délicieuse confiture aux framboises sur ce croissant.

— Écoute, Jean, continue Catherine. Le problème n'est pas seulement moral. Ces gens vivent dans la peur. Je ne sais pas si vous la sentez comme moi, mais on dirait qu'elle est partout.

Jean et Calv ne répliquent rien, car ils savent très bien que Catherine a raison. Eux aussi éprouvent sa présence : la peur. Une peur sourde et primitive. Une peur galopante qui ne demande qu'à s'amplifier comme l'écho souterrain d'une menace au visage inhumain. Un court instant, Jean est saisi d'un frisson. Il finit par dire :

— Ils ont peur de quoi? De se faire attraper?

— Non, c'est autre chose, répond Calv. Et malheureusement, j'ai l'impression que nous allons bientôt savoir de quoi il s'agit.

15

Les mannequins

Le repas terminé, tous trois décident de s'accorder une brève période de repos. Après, ils seront mieux en mesure d'évaluer la situation. Calv est le premier à s'endormir, suivi de Catherine. Les yeux grands ouverts, Jean fixe le plafond. Dormir ne l'intéresse pas. L'esprit fiévreux, il cherche un plan d'évasion. Toujours, un détail cloche. Au bout d'une heure, il n'en peut plus : il réveille les deux autres.

Dès que tout le monde est installé autour de la table, Jean déclare :

— Nous devons fuir d'ici.

— Tout à fait d'accord avec toi, réplique Calv. La question, c'est : comment ?

— Nous avons un problème beaucoup plus grave. Rappelle-toi ce que je t'ai dit à propos du champicalv qui nous a transportés ici. Il ne vivra pas longtemps. Nous pourrions utiliser un autre arbre. Mais il faudrait passer par le premier estomac et nous ne possédons pas les ingrédients pour préparer la mixture. Ça signifie que, quoi que nous tentions, il faut le faire le plus tôt possible.

Le groupe s'entend sur une série de tâches. Catherine va se charger de rencontrer Bolte, histoire de lui soutirer le plus d'informations possible. Calv et Jean vont explorer le village. Une priorité: repérer toutes les sorties d'ascenseur. Un point délicat: tester la puce. Elle est sûrement fonctionnelle, mais ils n'ont rien à perdre à essayer. On se retrouve à l'appartement au plus tard dans une heure. Avant de partir, chacun laisse ses empreintes vocales à l'ordinateur domestique.

L'exploration du village prend tout au plus une vingtaine de minutes: rien que des corridors et de nombreux ascenseurs placés à des endroits stratégiques. Un simple essai convainc Jean et Calv du bon fonctionnement de la puce: dès leur entrée, l'ascenseur tombe en panne. L'expérience terminée, le lézard fait remarquer quelque chose à son ami. Il a compté une centaine de portes. Ce qui veut dire potentiellement cent familles regroupant au moins trois ou quatre personnes. Le village devrait normalement compter trois cents personnes.

— Ce qui signifie, conclut Calv, que beaucoup d'appartements sont vides.

— Oui, convient Jean. La population décline. Ce n'est pas rassurant pour nous.

— Une maladie contagieuse? suggère Calv.

— Possible. Ou un truc qui serait en rapport avec la planète elle-même. Quelque chose comme des tremblements de terre ou des bêtes voraces qui vivent sous terre et attaquent les Fimiens périodiquement. Remarque, il y a toujours la possibilité qu'ils se livrent à des sacrifices humains. Quand les malheurs arrivent, on sacrifie quelqu'un à la divinité locale. Si les coups durs se multiplient, on augmente le nombre de sacrifiés. C'est une recette qui a fait ses preuves.

— Des sacrifices humains, tu dis? Ça me rassure d'être un reptile.

— Attends. Peut-être que ta présence ici va être le départ d'une nouvelle mode religieuse: les sacrifices reptiliens.

— Alors ils risquent de rencontrer de gros problèmes, déclare agressivement Calv. Les lézards verts sont plutôt coriaces.

D'un commun accord, ils décident d'aller visiter la première salle, celle des mannequins. Tous deux sont intrigués par ce lieu étrange. Rapidement, ils traversent le village sans rencontrer âme qui vive. La salle de l'étoile, elle aussi, se révèle déserte. Le silence ambiant a un effet contagieux. Jean et Calv se surprennent à chuchoter et à se déplacer sans bruit.

— Comme des voleurs, murmure Jean pour lui-même.

Ils sont arrivés. Curieux effet que cette vaste assemblée figée dans une pose solennelle. Ils attendent, serait-on porté à croire.

Quoi? Sans doute le prochain ascenseur pour la surface. Jean veut toucher un des mannequins, c'est plus fort que lui. Il en choisit un qui lui rappelle un médecin à cause de sa grande blouse blanche. Il touche la main. Le contact est froid. Mais ce n'est pas ce que veut savoir Jean. Il gratte. Cela ressemble à de la cire. Il regarde autour de lui pour être sûr que personne ne les surveille.

— Qu'est-ce que tu fais? demande Calv à voix basse.

— Je dois savoir.

Sans effort particulier, Jean casse un des doigts du mannequin. Il examine la brisure et pousse un soupir de soulagement.

— Je suis rassuré, déclare-t-il. Tu vas rire de moi, Calv.

— Pourquoi?

— J'ai cru un instant qu'il était vrai. Je veux dire...

— Je sais. Moi aussi, j'y ai pensé: une personne qu'on aurait plongée vivante dans la cire.

— C'est ça.

— Mais alors, c'est quoi cet endroit? Le musée de cire local?

— Promenons-nous. Je suis sûr que nous allons trouver une réponse.

La visite reprend. Ils traversent les rangées, examinant les visages, les vêtements. Circuler entre ces corps raides, dépourvus de vie, a quelque chose d'angoissant. Jean ne sait pas pourquoi, mais il a l'impression de se promener dans un cimetière. Calv a une idée :

— Tous ces gens portent des uniformes différents. Des uniformes en rapport à des métiers spécifiques. Voici ma théorie : ces mannequins représentent des personnes réelles qui ont été enlevées comme nous mais pour des raisons précises. On avait besoin de leurs connaissances.

Jean prend quelques instants pour réfléchir. Il finit par dire :

— Tu as peut-être raison. Ils volent des machines qui viennent d'ailleurs, mais il doit sûrement arriver des cas où ils ont absolument besoin d'assistance technique. Ils s'emparent d'un appareil et du travailleur qui l'utilise. Ça explique pourquoi ils nous ont acceptés si facilement. Ils sont habitués.

— Et ils doivent se dire que, d'une manière ou d'une autre, ils peuvent utiliser certaines de nos connaissances.

— Le seul problème à ta «théorie», c'est la raison de cette salle. Pourquoi avoir déguisé des mannequins?

— Excellente objection! Eh bien, mon vieux, tu es prêt pour le rinçage à l'école. Je crois que ta mère a encore des chances de faire de toi un bon lézard.

— Tu blagues, j'espère?

— Bien sûr. Est-ce que c'est le temps de rire?

— Laisse tomber.

Un mannequin attire maintenant leur attention. C'est un militaire vêtu à l'ancienne mode, arborant une quantité impressionnante de médailles et armé d'un grand sabre.

— Voilà quelque chose d'intéressant! s'exclame Jean en s'empressant de sortir l'arme de son fourreau.

— Plus que tu penses.

— Qu'est-ce que tu veux dire par là?

— J'ai d'abord une question : crois-tu que je serais capable de conduire la trottinette? Amener un champicalv à destination.

— Oui, c'est très simple. Tu fais le vide dans ta tête et tu visualises l'endroit où tu veux aller. Si ça a fonctionné pour moi, ça devrait marcher pour toi.

— Te souviens-tu? Lors de notre première rencontre, je t'ai dit : «Ils ne savent rien de nous.»

— Oui, je me rappelle très bien.

— Je vais te révéler un secret. Même parmi les lézards verts, peu sont au courant. Je le sais parce que j'ai entrepris mes propres expériences pour connaître les limites de mon pouvoir de régénération.

Le lézard lève son bras gauche pour le montrer à Jean et dit :

— On peut l'amputer sans problème. Je ne mourrai pas au bout de mon sang et il repoussera. Ce sera long, mais il repoussera.

Jean ne comprend pas où veut en venir son ami.

— Pourquoi me racontes-tu cette histoire de bras amputé?

— Nous n'avons pas le choix! Tu dois prendre le sabre et couper mon bras qui contient la puce.

Estomaqué, Jean s'écrie:

— Impossible! J'en suis tout à fait incapable. N'essaie pas de me faire croire que tu ne ressentiras aucune douleur.

— Il existe des choses pires que la douleur physique. Par exemple, l'idée qu'un jour trois mannequins à notre effigie viendront s'ajouter dans cette salle.

Jean baisse la tête. Calv a tout à fait raison: il faut tenter quelque chose.

— D'accord, j'accepte, dit le garçon.

— Très bien. Je retourne sur Tiäne et je ramène du secours

— J'ai une meilleure idée. Une fois à l'école, tu fouilleras dans les étagères. L'item numéro 412. C'est un injecteur de puces qui ressemble à celui utilisé par Bolte. Si je me rappelle bien ce que l'ordi m'avait dit à son sujet, il est très facile de le bricoler pour obtenir le contraire: un appareil pour retirer les implants. Si tu rencontres des problèmes, demande aux copains à l'école. Je suis sûr qu'il se trouve un spécialiste de la question, caché quelque part. Reviens avec et nous pourrons nous évader sans l'aide de personne. Je ne veux pas te faire de peine, mais j'ai l'impression que tu aurais de la difficulté à convaincre qui que ce soit de t'accompagner.

— Alors on procède?

Jean fait oui de la tête. Tous deux gagnent un coin de la salle et s'installent. Calv se couche par terre en dégageant bien son bras gauche. Il fait une dernière recommandation:

— Jean, tu dois couper au niveau de l'articulation. Il se peut que tu sois obligé de donner plusieurs coups pour détacher le membre...

— Arrête! supplie Jean. Tu vas me faire tomber dans les pommes.

— Dans les pommes? Quelles pommes?

— Je t'expliquerai un jour. On y va?

— Sois précis. Mes pouvoirs de régénération sont tout de même limités. Si tu coupes ma tête...

— J'ai compris, interrompt Jean nerveusement. Tu es prêt?

— Oui!

— Je compte jusqu'à trois. Un, deux...

Jean soulève le sabre au-dessus de sa tête.

— Trois!

La lame tombe. Calv lance un cri de douleur. Jean ne voit plus rien. Il a l'impression de suffoquer.

Calv demande d'une voix tremblante:

— Est-ce que c'est fait?

Jean regarde et dit:

— Excuse-moi. Je pense que j'ai frappé à côté. On recommence?

140

— On recommence.

— À trois?

— À trois. Prends ton temps.

— Oui, oui. Fais-moi confiance.

— Je te fais confiance.

— Un, deux... trois!

Avec un sifflement, la lame s'abat à nouveau. Un long silence succède que vient rompre Calv en colère :

— Tu as encore raté. Est-ce qu'il va falloir que je le fasse moi-même?

Le lézard se lève et commence à engueuler Jean :

— C'est incroyable. Ce n'est pourtant pas difficile. N'importe quel idiot serait capable...

Jean ne répond pas. Ses yeux sont fixés sur le sol.

Le lézard suit son regard : son avant-bras tranché repose bel et bien par terre.

— Curieux, s'étonne Calv. Je n'ai rien ressenti.

Le lézard examine sa plaie. Une petite quantité de sang a coulé, mais vraiment rien de grave.

— Tout semble en ordre. Bon, j'y vais. Souhaite-moi bonne chance.

— Bonne chance, murmure Jean encore sous le choc.

Calv s'éloigne, mais c'est seulement lorsqu'il disparaît derrière une porte que Jean reprend enfin le contrôle de ses esprits. Il s'empresse de ranger le sabre à sa place et, ensuite, il dissimule l'avant-bras tranché sous son chandail. Heureusement pour lui, le vêtement est ample et le membre ne saigne plus. Il ne lui reste plus qu'à quitter la salle des mannequins et à rejoindre Catherine.

16

L'attaque

À l'appartement, Catherine accueille Jean vêtue d'un gros uniforme rembourré et orange qui lui donne des allures de clown. Sa tête est dissimulée sous un casque protecteur muni d'une visière. Jean n'a pas le temps de l'interroger sur son bizarre accoutrement.

— Vite! dit-elle. J'ai des équipements pour toi et Calv. Il faut les mettre tout de suite. L'attaque est imminente.

— Quelle attaque?

— Un autre village va nous bombarder. Ils se font la guerre entre eux, ces imbéciles... Mais où est Calv?

— Il est ici.

Jean sort l'avant-bras de sous son chandail pour l'exhiber. Le silence désapprobateur qui suit le convainc qu'il a fait une blague de mauvais goût. Pour se rattraper, il explique:

— Calv va bien. Il est parti chercher du secours.

— Bon, je ne pose pas de questions. Ce n'est pas le moment. Vite, habille-toi.

Rapidement, Jean enfile le vêtement, le casque et les lunettes. Il demande:

— À quoi sert tout ce fourbi?

— À nous protéger des éclats de pierre et de roche lors du bombardement.

Tout à coup un bruit assourdissant suivi de l'éclatement d'une partie du plafond les forcent à se jeter par terre. Collés l'un contre l'autre, ils ne bougent plus. Un des murs de l'appartement explose. Quelques débris les atteignent mais sans leur causer de blessures. Des gémissements se font entendre: nul doute, des voisins moins chanceux. Jean se demande quelle sorte d'arme l'attaquant utilise. Ce ne sont pas des explosifs, la destruction est trop localisée, trop chirurgicale pour ça. Ni des canons à ultrasons, ils ne possèdent jamais la portée nécessaire pour frapper si loin sous terre. Jean lève la tête, examine les alentours. Il aperçoit deux champicalvs de la taille d'un ballon de football sur le sol. Voilà l'arme! Les attaquants utilisent de jeunes plants qui se matérialisent au hasard dans le village. L'apparition du champicalv dans un solide suffit à provoquer l'éclatement de cet objet. Jean frémit à la pensée de ce qui se passe lorsque le «projectile» surgit à l'intérieur d'un être humain. Au bout de quelques minutes, tout semble se calmer.

Catherine et Jean se relèvent.

— Tu peux enlever ton équipement, dit Catherine. Bolte m'avait avertie que cela serait court mais foudroyant.

Jean obéit tout en observant sa mère. Ses traits sont tirés. Les derniers événements ont dû lui ravir des forces. Malgré tout, un grand calme émane d'elle. C'est curieux, il avait oublié comment Catherine pouvait réagir avec sang-froid dans des situations extrêmes.

Tous deux vont s'asseoir sur le divan après en avoir enlevé quelques débris. Sauf pour un trou au plafond et un autre au mur donnant sur la salle de bain, l'appartement n'est pas en trop mauvais état.

— Pourquoi se battent-ils? demande Jean.

— Parce qu'ils sont trop semblables ou parce qu'ils sont trop différents. C'est toujours la même histoire. Dans le fond, je ne suis pas surprise. Tu sais, ma rencontre avec Bolte? J'ai appris beaucoup de choses. Par exemple, ces gens sont extrêmement superstitieux. Bolte est le chef du village mais aussi le grand-prêtre d'une religion basée sur le Noir.

— Le Noir? L'arbre noir, tu veux dire?

— Non, c'est plus complexe que ça. L'arbre noir n'est pas sur cette planète depuis très longtemps. À peine quelques siècles, d'après ce que j'ai pu comprendre. Les gens vivaient alors dans des cavernes souterraines. Ils possédaient une technologie rudimentaire, des machines à vapeur, et ils connaissaient l'existence de l'électricité. Alors sont arrivées ces choses noires qui changent de forme.

— Elles sont considérées comme des Dieux!

— Au contraire! Pour eux, il s'agissait d'un cadeau du Noir. Un signe qu'ils étaient la race élue. Ils ont étudié la plante, ont cherché à la nourrir de toutes les manières. Ils ont enfin découvert la «soupe» qui leur permettait de s'introduire à l'intérieur de l'estomac. Un premier contact a alors eu lieu avec l'arbre noir.

— Et que s'est-il passé?

— Rien, justement. La plante s'est contentée de montrer ses «capacités». Les pouvoirs de vision à distance et de téléportation. Tu imagines leur réaction. Ça a confirmé l'idée générale que l'arbre serait un objet divin mis à la disposition des adeptes du Noir.

— Je ne comprends pas. J'ai eu un contact avec l'arbre et je peux t'assurer que cette plante est intelligente. Elle ressent des émotions. Elle a réagi à ce que je ressentais. Ils se trompent en imaginant qu'ils ont affaire à une sorte de serviteur passif.

— Tu as peut-être raison. Je ne sais pas. Toujours est-il que, bon, ç'a été l'allégresse, ils ont commencé par exploiter en commun les capacités de l'arbre. Tout allait bien, puis, comme ça arrive fréquemment chez les gens qui se croient élus, un groupe a décidé qu'il était plus «élu» que les autres. Les discussions ont éclaté. Les villages se sont regroupés en factions différentes et la guerre s'est déclarée.

— Depuis combien de temps?

— Cinquante ans environ.

Jean est surpris :

— Et personne n'a gagné depuis?

— Non. Ils se livrent une guerre molle. Pas d'escalade. Une petite attaque de temps en temps, avec deux ou trois morts et quelques murs démolis. Le lendemain, tout est réparé, tout est effacé. Aucune trace de l'attaque. Ils font semblant que la vie est normale. À tout dissimuler, on se confine à vivre dans le mensonge.

— C'est comme vivre un masque vissé sur son viságe, dit Jean sans trop réfléchir. Ça doit être étouffant.

— Tu ne vas pas recommencer avec ton histoire de masque! lance Catherine en colère. Je ne fais jamais semblant!

— Je m'excuse. Je ne pensais pas du tout à toi.

Catherine se calme. Pour changer de sujet, elle demande :

— Qu'est-ce qui est arrivé à Calv?

Jean lui raconte leur visite à la salle des mannequins. Catherine dit :

— Je peux t'expliquer à quoi sert l'endroit. J'ai demandé à Bolte. Ils ont peur des revenants, alors ils détruisent les cadavres. Dans le cas d'une personne enlevée, ce n'est pas suffisant. Son esprit pourrait revenir tourmenter les nuits de ses kidnappeurs. Alors pour se faire pardonner, ils fabriquent un mannequin à l'image du défunt et ils lui rendent hommage par toutes sortes de petites fêtes organisées régulièrement.

— Comme c'est gentil !

— Ne sois pas trop sévère avec eux. Ils sont comme tous les peuples de l'univers. Ils tentent de survivre et ça implique toutes sortes d'erreurs de parcours. De toute façon...

Catherine prend un air sombre et lâche avec dépit :

— ...s'il faut rester ici pour toujours, nous aussi nous n'aurons pas le choix des moyens pour survivre.

— Ne dis pas ça ! réplique vivement Jean. J'ai confiance en Calv. Il va revenir.

— Qu'est-ce qui te fait dire ça ?

— Il a un sale caractère. Il reviendrait ici juste pour faire enrager Bolte.

Tout à coup, un son aigu et bref se fait entendre et l'écran liquide s'illumine. C'est Bolte.

— Bonjour, je suis dehors. Me donnez-vous la permission d'entrer ?

— D'accord, répond Catherine. Ordi, tu peux ouvrir la porte.

Bolte pénètre dans l'appartement. Il est vêtu de l'uniforme orange. Son visage est recouvert de poussière et une coupure légère marque son front.

— Je suis venu voir comment vous vous en êtes tirés, dit-il. Jusqu'à maintenant, le bilan se situe à deux morts et sept blessés. C'est moins que la dernière fois. Cela va prendre du temps, mais vous allez finir par vous habituer.

Le regard de l'homme fige. Par terre, il vient d'apercevoir l'avant-bras sectionné de Calv.

— Je m'excuse, dit Bolte. C'est faux, on ne s'habitue jamais.

Catherine prend un air outragé et dit en colère :

— En effet, on ne s'habitue jamais. Son corps a explosé. C'était horrible !

— Où est le... reste ?

— Dans la salle de bain. C'est là que cela s'est produit. Le bras a été éjecté par ce trou que vous voyez.

— Je m'excuse encore. Je vous envoie un cercueil pour votre ami. Dans une heure, nous ferons une cérémonie pour les victimes.

— C'était un enfant et vous l'avez tué avec votre saleté de guerre.

— Vous n'êtes pas la seule à avoir perdu un être cher.

— Oui, mais je n'ai jamais demandé à venir ici. Allez-vous-en ! Vous me dégoûtez.

Bolte baisse la tête et quitte l'appartement.

— Ouf ! soupire Catherine. Nous l'avons échappé belle.

— Pour une personne qui ne fait jamais semblant, déclare Jean sur un ton narquois, tu es plutôt douée.

Une dizaine de minutes plus tard, l'écran s'illumine à nouveau. Deux hommes sont à la porte. Ils disent qu'on leur a signalé la présence d'une victime dans l'appartement. Ils sont là pour s'occuper du cadavre. Catherine les fait entrer et leur demande de placer le cercueil dans le salon, elle et son fils vont s'occuper du reste. Les deux hommes n'insistent pas.

Le cercueil est une simple boîte rectangulaire faite d'un plastique résistant mais très léger. Jean soulève le couvercle muni de charnières. À l'intérieur, il découvre un grand sac transparent ainsi qu'une petite pelle.

— Ils pensent vraiment à tout! s'exclame-t-il.

— Prends le sac. Il faut le remplir avec des débris et quelques trucs assez pesants pour donner l'impression que Calv se trouve à l'intérieur.

Catherine et Jean se mettent à la tâche. Il ne faut pas beaucoup de temps pour fabriquer un cadavre convenable. Afin de prévenir tout bruit suspect lors du déplacement, ils disposent autour de leur création les draps du lit.

— Voilà, c'est prêt, déclare Catherine.

— Non, conteste Jean. Il manque ceci: le bras de Calv. Je pense qu'on lui doit un enterrement de première classe.

— De toute façon, je crois que nous avons intérêt à nous en débarrasser le plus rapidement possible. C'est sans doute la meilleure occasion.

Jean dépose le bras à l'intérieur du cercueil et dit sur un ton solennel:

— Adieu mon ami. Tu fus le meilleur, tu fus le plus fort. Ils t'ont coupé trop tôt. Peut-être qu'un brillante carrière t'attendait: gratter une fesse, moucher des narines trop pleines, écraser un féroce moustique assoiffé de sang. Qui sait? Serrons-nous la main une dernière fois.

— Jean! Cesse ton délire.

— D'accord, d'accord. Bon, tant pis. Ce fut un plaisir de te connaître.

Jean fait claquer bruyamment le couvercle du cercueil. Catherine demande:

— Ça fait combien de temps que ton ami est parti?

Jean consulte sa montre et répond:

— Je dirais environ une heure. Il faut lui donner le temps de fouiller dans les étagères pour trouver l'injecteur de puces. Ensuite il doit modifier l'appareil, revenir au village et se faufiler jusqu'ici. Avec l'attaque, plein de gens doivent circuler dans les corridors. Ce ne sera pas facile pour lui de nous rejoindre.

— Il faudra bien qu'il trouve un moyen. S'il tarde trop, on risque de perdre notre champi-calv.

— Oui. Il sera mort.

La conversation est interrompue par le retour des hommes. Ils soulèvent le cercueil et invitent les Terriens à les accompagner.

17

La fuite

Le village en entier s'est rassemblé dans la grande salle. Au centre où se trouvait l'étoile, le plancher a été escamoté. Une grande fosse circulaire l'a remplacé. De ses profondeurs monte un grondement sourd accompagné de grésillements électriques. Jean reconnaît le bruit. Sur Terre, avec l'école, il avait visité une usine qui utilisait des plaques désintégrantes pour éliminer certains déchets toxiques. Si c'est bien ce qui se trouve au fond de la fosse, il vaut mieux éviter de faire un faux pas.

Catherine et lui marchent derrière les deux hommes qui transportent le cercueil de Calv. Les deux Fimiens traversent la foule et placent leur chargement près de la fosse à côté de deux autres cercueils. Bolte est présent. Pour l'occasion, il a revêtu un autre costume extravagant: des bottes en fourrure blanche, une longue cape en velours bleu, un chapeau noir à large rebord avec une plume rouge et, pour compléter le tout, une canne en bois magnifiquement sculptée. Il fait signe à Jean et Catherine de venir le rejoindre. Il leur dit :

— La cérémonie va bientôt commencer. Ce n'est pas très compliqué. Je fais un petit discours pour honorer les disparus et ensuite on descend les corps dans la fosse. D'accord ?

Bolte lève sa canne dans les airs afin de réclamer l'attention de la foule. Quand il l'a obtenue, il baisse le bras et commence son laïus dans la langue locale. Jean et Catherine écoutent sans comprendre. La foule semble indifférente à ce que raconte leur chef. Jean est surpris de constater l'absence de tristesse sur ces visages. Ainsi Bolte avait raison : on s'habitue à tout, même à la guerre. Les pensées de Jean dérivent à présent vers l'arbre noir. Comment des êtres évolués peuvent-ils accepter d'être complices dans un conflit armé ?

Bolte a de nouveau soulevé sa canne dans les airs. La foule baisse la tête. Jean devine que le chef du village a réclamé une minute de silence pour les victimes. Tout à coup, un bruit se fait entendre. Le son de quelqu'un qui cogne sur une surface solide. Le bruit se répète mais plus fort. Il provient du cercueil de Calv. Cette fois, on entend gratter. Un murmure inquiet traverse la foule. Jean a une intuition. Il s'approche du cercueil de Calv, l'entr'ouvre légèrement et glisse sa main à l'intérieur. Le garçon lâche un cri de douleur puis brandit dramatiquement l'avant-bras de Calv devant la foule consternée. Avec horreur, ils voient le membre bouger, les doigts s'animer comme s'ils étaient encore rattachés à son propriétaire. Panique totale, les gens se bousculent en hurlant et s'empressent d'évacuer l'endroit. Bientôt, sauf pour Catherine et Jean, la salle est vide. Jean aperçoit par terre le chapeau de Bolte et sa canne. Il ramasse les deux objets et s'écrie: «Prise de guerre!» Quant à l'avant-bras de Calv, il continue ses mouvements désordonnés. Jean le remet à l'intérieur du cercueil en disant:

— Merci, cher ami. Je savais que je pouvais compter sur vous.

— Mais, demande Catherine qui semble complètement dépassée par les événements, est-ce que tu vas m'expliquer?

— Si je ne me trompe pas, quelqu'un va faire bientôt son apparition.

Une voix familière les interpelle:

— Hé, les amis, les avez-vous vus détaler? Je ne me suis jamais tant amusé de ma vie.

C'est Calv qui marche dans leur direction. Dans la seule main qu'il lui reste, il tient un grand sac en toile. Dès qu'il rejoint Catherine et Jean, il s'arrête, fouille dans le sac et en sort un instrument de la forme d'un pistolet.

— Et voilà, dit le reptile, item 412. Modifié, tel que demandé.

— Bravo! s'écrie Jean en s'emparant de l'appareil. Viens ici, maman.

En quelques instants, Catherine et Jean sont débarrassés de leur puce respective. Pendant ce temps, Calv explique, avec son emphase habituelle, son rôle dans les événements qui viennent de se dérouler :

— Nous, les lézards verts, nous possédons cette prodigieuse faculté d'exercer un contrôle à distance sur un membre perdu. J'étais caché dans la salle des mannequins. Par les portes vitrées, je voyais tout. Je n'osais pas intervenir quand une idée de génie a germé dans mon esprit. «Germer», j'aime ce mot. Je voulais leur faire peur mais, Jean, je te félicite. Ton intervention a été décisive.

— Merci! rétorque le garçon. Mais je pense qu'il est temps de déguerpir.

Le groupe se met en route et a tôt fait d'atteindre un ascenseur. Une fois qu'ils sont à bord, les portes se ferment automatiquement et le voyage vers la surface s'amorce. Jean sent son cœur qui bat à tout rompre. Tant qu'ils ne seront pas de retour sur Tiäne, le danger persiste. L'ascenseur s'immobilise, les portes s'ouvrent. Dehors, ils sont accueillis par la lumière aveuglante du jour. Ils font quelques pas lorsqu'ils tombent face à face avec les deux gaillards qui les ont accueillis sur la planète.

— Où allez-vous comme ça? demande en français l'un des hommes.

L'individu pointe dans leur direction une arme à rayons. Jean sait quoi faire. Il s'avance et prononce à voix haute :

— ZZ08!

Les deux hommes tombent aussitôt par terre, évanouis.

Calv demande à Jean :

— C'est un code d'apprentissage linguistique, n'est-ce pas ?

— Tu as tout à fait raison.

— Je ne le connais pas et, le plus bizarre, c'est qu'il n'a eu aucun effet sur toi et Catherine.

— Je t'expliquerai plus tard.

— Bon, d'accord, consent le lézard visiblement déçu. Suivez-moi.

Ils suivent Calv et découvrent, à quelques mètres à peine, leur champicalv. Tous trois pénètrent à l'intérieur de l'estomac. Jean applique les racines de l'arbre sur ses tempes et c'est la chute.

18

Les jours en P

Ils sont de retour! Jamais Jean n'aurait cru que revoir le ciel de Tiäne lui procurerait un tel plaisir. Les effusions de joie terminées, Calv les invite dans son laboratoire à l'école pour se reposer et goûter un délicieux breuvage de sa création. Catherine et Jean acceptent de bon cœur. Toutefois, Jean éprouve une vague inquiétude:

— Et s'ils se lançaient à notre poursuite? Il ne leur faudra pas beaucoup de temps pour se rendre compte que nous les avons bernés.

— Sans aucun doute, réplique Calv, mais je crois qu'ils vont être très occupés pour les prochaines semaines. J'ai caché quelques petits cadeaux en souvenir de notre passage. Vous voyez, à l'école, j'ai eu le temps de concocter certains trucs avant de vous rejoindre.

— Comme quoi? questionne Jean.

— Trois mégabombes à poudre de boldyque. Là, ils en ont pour au moins quatre jours à se gratter jusqu'au sang. Mais le meilleur est à venir. Bientôt, ils vont noter l'apparition d'une plante grimpante inconnue. Ils vont chercher à l'arracher, à la tuer avec toutes sortes de produits chimiques, mais en vain. La plante va tranquillement se répandre partout. Cette plante produit des graines bardées de petites aiguilles crochues qui ont tendance à s'accrocher aux vêtements, aux cheveux et à la barbe.

— La barbe! s'écrie Jean. Tu pensais à Bolte.

— On ne peut rien te cacher, cher ami. Il n'aura qu'à la raser, le pauvre idiot. Mais n'ayez crainte. La plante va disparaître d'elle-même dans deux semaines. J'espère qu'ils auront saisi le danger de s'attaquer à un botaniste chevronné. Mais toi, Jean. Tu ne m'as pas expliqué où tu as été chercher le code que tu as utilisé tout à l'heure.

— C'est un peu de ta faute. Après notre première rencontre, je me suis lancé dans une recherche sur l'apprentissage linguistique. J'ai d'abord consulté l'ordi. Je me demandais comment tu avais accès à des codes secrets. Il n'a rien trouvé. J'ai communiqué alors avec un copain sur la Terre. De lui, j'ai reçu des documents mais trop anciens pour m'aider réellement. Par contre, ils parlaient des techniques qui avaient servi au tout début, lorsqu'on expérimentait avec l'idée d'apprendre des langues sous hypnose. J'y ai appris quelques codes, dont celui que j'ai utilisé.

— Comment savais-tu qu'il fonctionnerait sur les deux malabars?

— Très simple. Rappelle-toi. Ils nous ont dit que, pour parler français, c'était très simple : des carrés, des triangles, des chiffres. Or, les chiffres ont été abandonnés assez rapidement pour des raisons que j'ignore. J'en ai déduit que nos deux compères utilisaient un apprentissage linguistique très ancien. À partir de ce moment, j'avais en ma possession une arme. Il suffisait d'attendre le bon moment. Par contre, je me demande toujours où tu as pris ton fameux code, celui que tu as utilisé sur moi. L'ordi m'a assuré qu'ils étaient changés régulièrement.

— Il a tout à fait raison. Dans un cas comme celui-là, il faut aller par logique pure. J'avais réussi à limiter à trois mille deux cent quarante-quatre possibilités.

— Quoi ! lance Jean en colère. Tu ne vas pas me dire que tu procédais par élimination ?

— J'ai été très chanceux. Je suis tombé pile. J'en ai été étonné moi-même.

— Mais j'aurais pu rester là des heures !

— C'était un risque.

— Un risque pour moi ! Pas pour toi !

La discussion prend un ton orageux, voire bagarreur. Catherine intervient :

— Si on se dirigeait vers l'école ? Calv, tu n'avais pas parlé d'un délicieux breuvage ?

— Oui, c'est vrai.

Le groupe se met en route. Jean a fini par se calmer. À la blague, il lance à Calv :

— Comme je te connais, ta mixture va nous faire pousser des bégonias sur la tête ou teindre notre peau de couleur mauve.

— Jamais de la vie!

— Ouais, ouais.

— Pas mauve. Orange.

* * *

C'est la nuit et Jean est couché dans son lit. Dans l'obscurité, il passe en revue les événements des jours derniers. Finalement, la gaffe du togard a bien tourné. Il s'est fait un nouvel ami et, après discussion, il a réussi à obtenir certaines concessions de sa mère. Entre autres, plus d'abeilles grillées au déjeuner. Ils se sont longuement parlé et bien des choses se sont éclaircies. Jean a hâte que son père soit de retour pour lui montrer les nouveaux trophées qui ornent un mur de sa chambre: le chapeau et la canne de Bolte.

Tranquillement, Jean se laisse gagner par le sommeil. Il vient de sombrer pour de bon lorsqu'un bruit soudain le réveille. Devant sa fenêtre, une silhouette noire se profile. Ils sont de retour! pense tout de suite Jean.

— Xept Jean. Xept, xept...

Jean a reconnu la voix de Xède. Il l'avait complètement oublié. Jean demande à l'ordinateur central d'allumer la lumière dans sa chambre, doucement pour ne pas être aveuglé.

L'ordinateur obéit. Il s'agit bien de Xède. Jean lui trouve un air particulièrement amoché. Le lézard a maigri et son corps est recouvert de boue et de poussière. Jean visualise les bonnes clés mentales et comprend enfin ce que répète Xède en secouant la tête:

— Pardon, Jean. Pardon, pardon...

— Pourquoi tu t'excuses?

— J'ai encore fait une gaffe.

— Quoi?!

— Tu te rappelles que j'avais placé les trois boules dans ma bouche et que tu ne devais pas me déplacer en aucun cas.

— Bien sûr, et c'est ce que j'ai fait.

— C'est très bien et je t'en félicite. J'espérais créer à distance un trou dans l'espace-temps.

— Oui, et ça n'a pas fonctionné?

— Pas tout à fait. C'est le problème avec les transes. C'est comme une maison immense. On entre dedans, mais il arrive qu'on perde son chemin et retrouver la sortie devient très difficile. Heureusement, la maison est pourvue de fenêtres et on peut contempler le paysage de temps en temps. Je ne sais pas ce qui s'est passé, mais dans cette maison les fenêtres étaient toutes bouchées.

— Un instant! Cela signifie que tu n'étais pas conscient de ce qui se passait autour de toi.

— Si peu. Quelques images confuses, des sons éparpillés, des picotements ici et là.

— Cela expliquerait pourquoi tu n'as pas réagi quand ils ont kidnappé Catherine pour s'enfuir à bord de l'arbre.

— Kidnappée! Ta mère? Mais qui?

— Je te raconterai plus tard. Si on revenait à la gaffe?

— Ah oui. C'est à propos du togard.

— Quoi le togard?

— Eh bien. Le trou à distance, ça n'a pas vraiment fonctionné. Par contre, j'ai réussi quelque chose de beaucoup plus intéressant et qui m'a vraiment épaté. C'est curieux, le hasard. On met en branle quelque chose dans un but bien précis et on aboutit à quelque chose de complètement imprévu. Il faudra que j'essaie encore. Incroyable! J'ai fait une boucle dans l'espace-temps. Une boucle, imagine!

— Ce qui veut dire?

— Que le togard et tous les insectes qui avaient pénétré dans le triangle lors de la fameuse nuit sont revenus.

Jean se demande comment réagir.

— Écoute, continue le lézard, j'ai un autre plan. Meilleur. Garanti sans gaffe. Il suffirait de...

Jean ne lui laisse pas le temps de finir sa phrase:

— Non merci, Xède. Demain je discuterai du problème avec ma mère. On trouvera bien une solution.

— Demain? D'accord mais, j'y pense... tu dormais quand je suis arrivé. Tu m'as affirmé que les jeunes terriens n'ont absolument pas besoin de sommeil. Tu sais, toute cette histoire à propos des jours en F et en D?

Jean rougit. Après avoir réfléchi, il déclare :

— Oublie les jours en F et en D. Demain et toutes les journées suivantes seront en P pour Parler.

— Des jours en P? Bon, très bien. Dans ce cas, je te laisse. À bientôt.

— À bientôt, répond Jean en se recouchant.

* * *

Xède retourne lentement chez lui en contemplant la voûte étoilée. Une nuit merveilleuse, pleine d'odeurs et de bruits d'insectes délicieux. D'insectes délicieux... Xède vient de se rendre compte qu'il n'a pas mangé depuis plusieurs jours. Pourtant, il a à peine faim. Une petite gourmandise ne lui ferait sûrement pas de tort. Comme ces merveilleux biscuits que fabrique Jean. Demain, il lui demandera une nouvelle fournée. Ses pensées dérivent alors vers le jeune Terrien. Des jours en P! Quelles créatures bizarres. Surtout les jeunes. En pénétrant dans la chambre de Jean, Xède aurait juré qu'elle était vide. Puis, la minute suivante, le garçon était couché dans son lit. De son corps émanait une faible lueur qui a fini par s'éteindre. C'est peut-être leur manière de rêver, conclut le lézard.

Table des matières

Collection

Jeunesse - pop

Achevé d'imprimer
en mars 1996
sur les presses de
Imprimerie H.L.N.

Imprimé au Canada – Printed in Canada